2

弗罗斯特作品集
Robert Frost

[美] 弗罗斯特 著
曹明伦 译

人民文学出版社

献　词

给路易斯·昂特迈耶、
锡德尼·考克斯
和约翰·巴特利特的
散文书信由他们随意处置；
这些诗则永远献给你。

但上帝自己降入
肉体之中就是要
作为一个证明：
最完美的功德
在于实实在在的
冒险精神。
精神会进入肉体
而且会竭尽全力
在一次次分娩中
永远朝气蓬勃地
冲入人世。
我们可以这样想：
它那种一般被认为的
大胆的行动
就我们人类来说
便是灵魂之缥缈
朝变得具有形态的
一次有力冲锋。

目　次

《在林间空地》(1962)

马利筋荚果 …………………………………… 3
离去！ ………………………………………… 5
林间小屋 ……………………………………… 6
永远了结 ……………………………………… 9
难解亚美利加 ………………………………… 10
又一瞬间 ……………………………………… 14
逃避现实者——绝不是 ……………………… 17
为肯尼迪总统的就职典礼而作 ……………… 18

·一束信仰·

碰巧有了目的 ………………………………… 22
无无歌 ………………………………………… 23
说法 …………………………………………… 24
一个自己想出的概念 ………………………… 25
"上帝哟，请原谅" …………………………… 25
基蒂霍克 ……………………………………… 26
占卜师 ………………………………………… 45
役马 …………………………………………… 46
结束 …………………………………………… 47

希望之风险 …………………………………… 48
探询的表情 …………………………………… 48
难道就没人这样感受？ ……………………… 49
罪恶之岛——复活节岛 ……………………… 51
我们注定要繁盛 ……………………………… 54
不愿被人踩踏 ………………………………… 55
希望之泉 ……………………………………… 55
当非你莫属且形势需要时，
　你要想不当国王真是太难 ………………… 59
大胜前夕写于沮丧之中 ……………………… 72
银河是条奶牛路 ……………………………… 73
真正的科幻小说 ……………………………… 75

·尴尬境地·

尴尬境地 ……………………………………… 77
一种反应 ……………………………………… 79
在一杯苹果酒中 ……………………………… 79
咏铁 …………………………………………… 80
"有四间房的木屋" …………………………… 80
"虽说全体民众" ……………………………… 80
当选佛蒙特诗人有感 ………………………… 81
"我们无法驱除这样的迷信" ………………… 81
"需经校内校外的各种训练" ………………… 81
"冬日只身在树林" …………………………… 82

《集外诗》(1890—1962)

伤心之夜 ……………………………………… 85
浪花之歌 ……………………………………… 91
梦遇凯撒 ……………………………………… 93

我们的营地 …………………………………… 96
清朗而且更冷 ………………………………… 97
乌云酋长 ……………………………………… 98
别离 …………………………………………… 100
沿着小溪 ……………………………………… 101
叛徒 …………………………………………… 102
毕业赞歌 ……………………………………… 103
暮光 …………………………………………… 104
消夏 …………………………………………… 105
瀑布 …………………………………………… 106
一个没有历史意义的地方 …………………… 106
鸟儿经常这样 ………………………………… 107
夏日花园 ……………………………………… 108
凯撒丢失的运兵船 …………………………… 109
希腊 …………………………………………… 110
警告 …………………………………………… 111
上帝的花园 …………………………………… 111
卡尔·伯勒尔之歌 …………………………… 113
"我置身于树林中时" ………………………… 114
晚歌 …………………………………………… 115
绝望 …………………………………………… 115
老年人 ………………………………………… 116
冬夜 …………………………………………… 117
反正爱都一样 ………………………………… 118
仲夏时节的鸟 ………………………………… 119
工厂城 ………………………………………… 119
鸟儿会喜欢什么 ……………………………… 120
当机器开动 …………………………………… 121

3

晚期的吟游诗人	122
失去的信念	123
家史	127
客厅笑话	129
我的礼物	133
卖农场有感	134
银柳抽芽的时节	135
寻找字眼	135
雨浴	136
新愁	137
冬天的风	138
在英格兰	139
充分缓解	140
以同样的牺牲	141
讨玫瑰	143
死者的遗物	145
诗人乃天生而非造就	147
"我是个米提亚人和波斯人"	148
花引路	150
"没有任何空话绝对空泛"	151
致斯塔克·扬	152
有感于在此时谈论和平	153
一粒幸运的橡树籽	153
林中野花	155
《七艺》	156
给阿伦	156
鱼跃瀑布	157
有感于一九一九年的通货膨胀	158

更正	159
"嘿,使车轮转动的你哟"	159
天平盘	160
牛在玉米地里	161
米德尔敦凶杀案	163
"洛斯教授显然认定"	168
因韵害意	169
致路易斯(一)	170
"一个人的高度……"	171
提供	172
让国会办理这事	172
恢复名声	173
"一个小小的王国"	174
冬天所有权	175
"当我丢人现眼时"	177
祖先的荣耀	177
致伦纳德·培根	178
"除非我把它叫作……"	181
"我想我要去祷告"	182
痕迹	182
让我们别思想	183
致路易斯(二)	184
上午十点半	192
"如果那颗闪耀的星星……"	192
谷仓里的床	193
为了连续交媾	194
浪费,或鳕鱼卵	194
挥霍浪费	195

象征意义 ·· 195
"她丈夫曾给她一枚戒指" ······················ 196
预言家 ·· 196
马克思和恩格斯 ···································· 196
"对于去星际旅行的人" ························· 197
"宇宙宏大计划之目的" ························· 197
预言家像神秘家故弄玄虚
　评论家则只能凭统计数据 ··················· 198

《理性假面剧》(1945)

理性假面剧 ··· 203

《仁慈假面剧》(1947)

仁慈假面剧 ··· 229

戏剧作品

出路 ··· 273
在一家艺术品制造厂 ····························· 284
守护人 ·· 298

在林间空地[*]
1962

"也许我会等到水变清洌。"①

---

* 这是弗罗斯特自1949年后出版的唯一诗集,其中收入了他在出版《诗全集》以后的十三年中写的36首诗。
① 参见本书上卷卷首序诗《牧场》及其注释。

马利筋①荚果

由于招引来各种各样的蝴蝶
(虽来处不详,但它们永远
也不会回到它们原来的地方,
因它们不像蜜蜂有自己的蜂房),
马利筋把那个在和平与战争中
纵情挥霍的主题引到了我门前
仿佛它以前不曾被引来过似的。
然后它显得像一种正褪色的花,
你不想高唱也该为它低吟一曲。
那些来自无限并在它上方造成
这种无声骚动的数不清的翅膀
无疑用它们斑斓的色彩弥补了
这种黄褐色小草所缺的绚丽。
它虽质朴,但得承认它最温情。
不错,尽管它是一种会淌汁
流蜜的花,可它的乳汁味苦,
正如任何曾折断过它的叶梗
并大胆地尝过其乳汁的人所知。
它尝起来就好像它可能是鸦片。
但它还会分泌出另外一种汁,
它的花渗出的蜜汁是那么香甜,
以致诱得那些蝴蝶都纵情狂饮。

---

① 马利筋,萝藦科多年生草本植物,原产美洲。

它的蜜汁不会使蝴蝶酩酊大醉。
蝴蝶们饥渴的欲望都达到顶点,
它们都互相争夺想依附的花团,
互相把对方翅膀上的花粉碰掉。
在纵情狂饮之际,蝴蝶扬起了
一团由它们和花粉混成的云雾,
一团明显悬浮在草坪上的云雾。
凭着对这些短命蝴蝶奉献甜蜜,
这种朴素的小草设法在我们的
三百六十五天中造出了太甜美
的一天,以致生命会朝生暮死。
其他许多蝴蝶也将死去,但那
是在一番折腾之后,在它们
清晨才披上的五彩衫损耗之后,
以它们有名的一种失败方式:
在一扇格子窗的窗玻璃外边
从早到晚一刻不停地徒然撞击。

但挥霍是生命系统的要素。
蝴蝶替人类或神祇所做的好事
便是为它们纵情蹂躏的那些花
留下一种荚果作为它们的后代,
怀着一个遗传的永不安宁的梦。
它凭爪状的梗柄倒挂在枝头,
显出一种过分好奇的姿态,
怪得像只危地马拉长尾小鹦鹉。
它有点困惑。这是可食之物吗?
或是某种挥霍有益的难解之谜?

它几乎用其利爪解开了谜底。
如果那些花儿和蝴蝶都已消失,
那科学会把未来系于何处呢?
它似乎想说许多人居然都一事
无成的原因必须被客观地正视。
(而且应该被及时正视。)

离　去!

现在我要离开
这荒凉的人世,
我的鞋和袜子
并不使脚难受。

我把知交好友
留在身后城里。
任其一醉方休,
然后躺下休息。

诸君切莫以为
我是去向黑暗,
就像亚当夏娃
被驱赶出乐园。

忘掉那神话吧。
此番我弃尘世

既无佳人相伴
亦非被人所驱。

要是我没弄错,
那我只有服从
一支歌①的召唤:
我——定要——离去!

我也许会回来,
假如我从死亡
所学到的东西
令我失望的话。

林间小屋

——给艾尔弗雷德·爱德华兹②

雾:
我不相信睡在这屋里的那些人
知道他们自己究竟在什么地方。

烟:
他们在这个地方已经住得够久,
已让树林从小屋周围退了一圈,

---

① "一支歌"指古老的美国民歌《哦,谢南多厄河》,这首民歌的副歌合唱部分歌词是:离去,我定要离去,/跨越宽阔的密苏里河。
② 爱德华兹自1945年加入亨利·霍尔特出版公司后就成了弗罗斯特的好朋友,他后来成了处理弗罗斯特遗产的遗嘱执行人。

而且还在林中开辟了一条小路。

雾：
我仍怀疑他们是否知道在何处，
并开始担心他们永远不会知道。
他们开那条路只是为了去拜访
同样困惑的人，从而得到安慰。
他们的邻居也都几乎身处困境。

烟：
我是在星光下守护的一缕青烟，
我以不同方式来自他们的烟囱。
我不会让他们对幸福失去信心。

雾：
谁也不会只因为他们不知身在
何处就认定他们已经毫无希望。
我与你互相抑制，又互相补充，
我是在夜晚从花园里散发而出，
但我升得并不比那些花木更高。
我依恋他们的风景。这就是我。
我和你一样同他们的命运相连。

烟：
现在他们肯定已学会此地方言。
他们干吗不问红种人这是何处？

雾：
他们常问，但对此没人能回答。
所以他们有时候还问那些离开
讲坛顺便来看望他们的哲学家。
他们将问每一个他们能问的人——
傻乎乎地相信积累起来的事实
将会自行燃烧并把这世界照亮。
学问已成了他们宗教的一部分。

烟：
若某一天他们知道了自己是谁，
他们也许就会知道其身在何处。
不过认定他们是谁真是太难了，
不管对他们还是对旁观者来说。
他们总是鲁莽得叫你难以置信。

雾：
听，他们正在黑暗中低声交谈，
谈他们也许整天都在谈的话题。
熄灯并没有把他们的思想熄掉。
让你我装成屋檐上滴下的露珠
去偷听一下他们心灵中的骚乱——
一阵雾和一缕烟偷听一团阴霾——
看我们能否从高音中听出低音。

有谁能比烟和雾更好地评价
一种内心阴霾的同类的精神？

永远了结[1]

他们不会再回来
责怪我走得太慢,
让他们飞驰的马车
把我吓得躲到路边。
他们已找到别的地方
为匆忙和别的财产。

他们把这路留给我,
让我独行默默无语,
也许只对着一棵树
在心头自言自语:
"这条路得到一件
你的树叶做的外衣。

"不久后因缺乏阳光,
这景象会变得凄凉,
外衣将会变成白色,
但披这般轻薄的衣裳
树叶会在一层雪下
显示出它们的形状。"

接着时令进入冬季,

---

[1] 此诗是本书上卷《诗全集·尾声》中同名诗的修订稿(第526—527页)。

直到我也不再出门
到雪地上留下脚印,
那时只有些野兽
胆小或狡猾的野兽
代表我去踏出脚印。

难解亚美利加

哥伦布也许有过这样的幻想:
找到一条去印度的更佳航线,
同时也证明这个世界是圆的。
可航行所需的资金怎么办呢?
须知那位女王①资助他航行
不仅仅是为了什么科学发现。

请记住他早已经进行过尝试:
朝西边航行而最后到达东方。
可他到了吗?他甚至拿不出
一件霍尔木兹②的小装饰品
来使那女王免于王室的指责,
指责她白白花钱让他去探险。

总有那么些莫名其妙的差错

---

① 指西班牙卡斯蒂利亚王国女王(1474—1504)和阿拉贡王国女王(1479—1504)伊莎贝拉一世。
② 霍尔木兹海峡北岸一波斯古城,其遗址约在今伊朗东南部阿巴斯港和米纳卜镇之间。

出在他去探查的每一片海岸。
他可能没有想到会一无所获。
不幸总是陪伴着他这位水手。
他偏离的不仅仅是一个度数,
他算的航线偏离了一个大洋。

为了加强这出戏的戏剧效果,
另一位名叫达·伽马的水手
几乎于同时凭借同样的手段
驶入了印度的卡利库特港湾,①
并用到手的大把大把的黄金
宣称他找到的是另一个俄斐②。

假若哥伦布当时充分认识到
他的发现胜过了伽马的黄金,
他会被后来的世人以为看到
了人类未来的生存试验场所,
看到了人类的一个新的开始,
那他可能会大胆地虚张声势。

他本可以骗骗巴利阿多里德③。
我就曾被他所作所为所欺骗。

---

① 在哥伦布第三次出发向西航行之时(1498年5月30日),葡萄牙航海家伽马(1460？—1524)绕过好望角向东航行到达了印度西海岸的卡利库特港(1498年5月22日)。
② 俄斐是《圣经》中记载的盛产黄金和宝石的地方。
③ 巴利阿多里德是西班牙北部城市。美洲之发现一时并没给欧洲殖民者带来大量的黄金和其他财富,因此当时并未受到足够重视。哥伦布落魄于巴利阿多里德,在贫病交加中抑郁而死。

要是我年轻之时曾有过机会，
我也许会把哥伦布当神赞美，
说他给予我们的超过了摩西
把以色列人领出埃及的意义。

但他所做的只是拓展了空间，
只是拓展了我们制定出法律
来互相挡道互相碍事的空间，
骗我们接受了这讨厌的时代，
在这时代我们居然得动脑筋
来考虑如何不失友好地排挤。

为这些显然并不稀罕的东西
他得到的不过是地牢和锁链①
以及很小的一点儿身后名声，
（一个国家一座城市和一个
节日以他的名字命名）小得
他亲临那儿也许都不愿承认。

人们说他的旗舰像一个幽灵
怀着一种近乎于仇恨的敌意
仍然在探查我们多岩的海岸，
而且因为老穿不出一个海峡，
他一直都在诅咒每一个河口，
从北纬五十度到南纬五十度。

---

① 1500年，哥伦布因对美洲殖民地管理不善而被免去总督职务并一度沦为阶下囚。

我预言有朝一日我们的海军
将会拖着这条幽灵般的弃船
并带着他通过库莱布拉运河①,
而他对人类所有的现代成就,
对我们称之谓的亚美利加人,
实际上会闭上眼睛不屑一顾。

亚美利加可真叫人难以理解。
由于不充分的证据比他根据
一本本书所加以证实的还少,
所以人们没法从外面理解它——
而且从里边也同样没法理解。
我们知道书本上的喋喋不休。

如我所说,哥伦布情愿错过
他会归因于拖拉机和播种机
耕耘播种之灵巧带来的一切。
他只会把这幸运的中断归因于
他自己的意志力,或最多
归因于安第斯山的某次地震。

崇高的目的使这位英雄粗鲁,
他不会停下来等着别人感恩。
且让他对他从来都不关心的
东西表示出他的傲慢与严厉,
除非那东西居然会挡他的道,

---

① 库莱布拉运河是盖亚尔运河的旧称,该运河即巴拿马运河之东南段。

不让他远航去中国寻求财宝。

他这次出航可能已相当迟延。
他将会发现那个亚细亚古国
差不多已经厌倦了被人掠夺
尽管它正使其信仰被人怀疑。
他的侵袭不可能像科尔特斯
对阿兹特克人那样轻易得手。①

又一瞬间②

我推开房门,以便我最后一眼
会被引出书本,引到屋子外边。
我说在我闭上眼睛睡觉之前
我倒想看看天狼星会怎样用它
警觉的眼睛注视这若非留待
解释也是留待以后探究的一切。
但我刚刚把房门推开一条缝
我那位难对付的客人就穿过
我拨门闩的腿溜进了屋里。
它看上去并不是天上的神犬,

---

① 科尔特斯(1485—1547),西班牙殖民者,曾率军征服墨西哥。阿兹特克人是曾居住在墨西哥中部的一支有高度文化的印第安人,1521年被科尔特斯率领的西班牙殖民军征服。
② 弗罗斯特曾把此诗印在1953年的圣诞卡上寄给友人,而有友人认为此诗似乎是诗人为他死去的爱犬吉利写的一首挽歌。

而是人世间一条普通的跟车狗①；
它被现代交通工具的速度甩下，
现在来找人收容——我被感动，
成了一个比以前更爱狗的人。
它像一口袋骨头摊在地板上。
它为自己的不幸发出两声悲叹，
然后脑袋扭向尾巴蜷缩成一堆，
好像决意要同这世界一刀两断。
我把清水和食物放到它跟前。
它转动一只眼睛向我表示感谢
（或者那也许只是礼貌的表现），
但它甚至没有抬一抬它的下巴。
它结实的尾巴砰砰地拍打地板，
仿佛在向我哀求，"请别再给我，
我不能解释——至少今晚不能。"
我能清楚地看见它的满脸愁容。
于是我用收留的口吻对它说：
"哦，老伙计，达尔马提亚·格斯，
你说得不错，这没什么可商量。
别强迫自己告诉我你在想什么，
不管是因被主人遗弃的悲哀，
还是因自己逃离主人的忧伤。
一切都可以等到明天天亮。
同时你千万别觉得过意不去，
谁也没义务向我吐露心中秘密。"
那完全是一段单方面的对白，

---

① 即达尔马提亚狗，一种有黑斑或棕斑的白色短毛狗，据说原产于克罗地亚的达尔马提亚地区，曾被人用作马车护卫犬，故名"跟车狗"。

而且我不能确信是在跟狗说话。
我困惑地止住话头,但却仍然
浮想联翩:我正式为它取名为
格斯,即达尔马提亚·格斯,
我开始让自己的生活适应它的
生活,为它提供所必需的物品
并陪它进行一英里赛跑练习。

第二天早晨我起床的时候
它已在门口等着我放它出去,
它的表情像在说:"我已来过。
如果我现在必须返回什么地方
或去得更远,你千万别伤心。"
我打开了房门,它离我而去。
这下我要稍稍品尝一下悲痛,
这悲痛都因为狗的生命太短,
最多只有我们人类的四分之一。
它也许本该是梦中的一个幽灵,
尽管它的尾巴那么确凿无疑
并那么猛烈地拍打过我的地板。
此后我一直觉得事情太奇怪,
我甚至可以说,我不愿过分
坚持要使人相信它就是天狼星,
(记住我曾冒昧地叫它格斯)
那颗星哟,那颗天上最亮的星,
不是一颗流星,而是一个化身,
它前一天晚上来人世过了一夜,
用行动向我表示它并不怨我

曾那么长期地依靠它,然而
却不曾以它为题写过一首诗。①
它想表达的可能只是一个象征,
或是一丝暗示,一道光线,
一种我应该去探寻但不一定
非得要说找到的内在含义。

＊请参见《大犬星座》和《选择某种像星星的东西》,后一首诗中的那颗星几乎不可能是行星,因为永恒不变是那首诗的精髓。

逃避现实者——绝不是

他不是逃避者,过去现在都没逃避。
没人见过他边蹒跚而行边回头张望。
他的恐惧不是在身后而是在他身边,
身边的恐惧使他笔直的道路也许会
显得弯弯曲曲,但实际上仍然笔直。
他义无反顾地向前。他是个追求者。
他追求一个追求者,而那追求者又
把另一位已遥遥领先的追求者追求。
凡追求他的人都将发现他是追求者。
他的生命永远是一种对追求的追求。
只有未来也正是未来创造他的现在。
所有一切都是一串永无止境的追求。

---

① 曾有读者和评论家认为《选择某种像星星的东西》写的是金星,诗人此注显然是针对这种看法而言。

为肯尼迪总统的就职典礼而作

"彻底奉献"之彻底奉献①
(一段有韵的刚开始的历史)

召唤艺术家前来参与
如此庄严的国典盛礼
看来是艺术家应该庆祝的喜事。
今天是我事业最辉煌的一天。
而谁第一位想到这一点,
他对诗的褒赞就是理解的褒赞。
我今日为答谢而带来的诗篇
将追溯今日之结果的开端,
追溯数世纪以来潮流的起源,
追溯现代历史的一个转折点。
这片国土曾一直是殖民地,
直到那个伟大的争端②看出,
据此地的特点、语言和民族特性,
什么样的国家才能够统治
哥伦布发现的这块新大陆。
法兰西、西班牙和荷兰相继沉沦,

---

① 1961年1月20日,弗罗斯特应邀在肯尼迪总统的就职典礼上朗诵自己的诗。一个诗人享受这样的荣誉,这在美国历史上绝无仅有。弗罗斯特专门为盛典写下了此诗。但那天白宫外阳光耀眼,加之疾风差点儿吹掉了诗人手中的诗稿,因此他朗诵了几行后便放弃了原计划,随即背诵了他的《彻底奉献》作为即席献诗。
② "伟大的争端"指1776年7月4日在费城召开的美洲第二次大陆会议。该会议通过了美国的《独立宣言》。

英雄的丰功伟绩已经完成。
伊丽莎白一世和英格兰获得胜利。
继而开始了这个时代的新秩序,
我们的创业先贤用拉丁文宣称
上帝对这种新秩序表示赞成。
(这难道没被印在我们仍揣在
钱包和口袋里的美元钞票上?)①
那些英雄们知道并了解那么多——
我是说那四个伟人:华盛顿、
亚当斯、杰斐逊和麦迪逊②——
像圣贤先知们一样无所不知,
他们肯定早就预见到了今日之事,
他们会使周围的帝国坍塌,
使每个人都向往一个以我们的
《独立宣言》为蓝图的国家。
而这绝不是以无足轻重的民众
作为代价的贵族式的笑话。
我们看到各民族是多么严肃,
当他们试图去获得主权与政府。
他们在某种程度上暂时受我们
保护,而若是征得他们的同意,
我们想教他们懂得民主的含义。
我们可曾说过"时代的新秩序"?
若当今世界秩序显得并不安全,

---

① 一美元的纸钞背面印有拉丁文铭文 Novus Ordo Seclorum(这个时代的新秩序)和 Annuit Coeptis(上帝赞成我们的事业)。
② 乔治·华盛顿、约翰·亚当斯、托马斯·杰斐逊和詹姆斯·麦迪逊分别为美国第一、二、三、四任总统。

那也是我们刚开始时的一种混乱，
所以必须在其中充当勇敢的一员。
假若一位执政者声称他不喜欢
一种他已经战胜过的动荡不安，
那正直的人们对他也不会赏脸。
人人都知道那兄弟二人①的荣誉，
他俩为美利坚献上了飞机，
使她能够驾驭狂风暴雨。
某些可怜的白痴心中一直在想
在当今之世界已不再有荣光。
可我们冒生命危险进行的革命
在自由的历史中已经证明
直到今天它仍然驰誉寰声。
一个民族投票的最伟大的结果
刚从和上次一样的选举中产生，
这选举如此严密但定会永远坚持，
我们兴高采烈也就不足为奇。
在令人如此振奋的空气之中
勇气胜过一切优柔寡断的僵持。
过去曾有一部人物传略史话
赞誉历代那些勇敢果断的政治家，
赞他们敢于撇开错误的追随者，
使统治首先适合崇高的目的，
为了一种强有力的人民之独立，
为了一种合法神圣的民主形式。
如今对生活有种更严峻的召唤，

---

① 参见本书上卷《莱特兄弟的飞机》及其注释（第 400 页）。

获取者学习者向往者得更加勇敢。
对比赛场地应该少一点批评，
更多地专心致志于场上的竞争。
这会使我们中间的预言家看到
下一个奥古斯都时代①的荣耀，
一种有力量和骄傲的权力的荣耀，
一种青春抱负的荣耀渴望被检验，
毫不气馁地坚定我们的自由信仰，
这个民族愿按规则进行任何较量。
一个诗和力量的黄金时代
就在今天中午开始到来。

"彻底奉献"

在我们属于这土地前她已属于我们。
在我们成为她的人民之前，她属于
我们已有一百多年。在马萨诸塞，
在弗吉尼亚，她早就是我们的土地，
可那时我们属于英国，是殖民地居民，
那时我们所拥有的尚未把我们拥有，
我们如今不再拥有的却拥有我们。
我们保留的某种东西一直使我们软弱
直到我们发现正是我们自己没有把
自己彻底奉献给我们赖以生存的土地，

---

① 奥古斯都时代，指古罗马帝国第一代皇帝奥古斯都（公元前63—公元14）统治时期，大约从公元前43年延续至公元18年。这个时期是拉丁文学的黄金时代，产生了维吉尔、贺拉斯和奥维德等伟大诗人。

于是我们立刻在奉献中获得了拯救。
（这奉献的行动就是战争的伟绩。）
我们不过如此，但我们彻底奉献自我，
献身于这片正在向西部拓展的土地，
不过她依然朴实无华，未载入史册，
她过去是这样，将来也定会如此。

·一束信仰·

碰巧有了目的

宇宙只不过是万事万物之一，
万物只是在绕圈旋转的球体。
它们有的很大，有的则很小，
但全都煌煌灿灿，光芒四耀。

它们想告诉我们一切都在瞎碰
直到有天它碰巧在一座丛林中
碰到一只患白化病的猿的脑袋
而即使如此它仍得在暗中徘徊，

直到有一年达尔文降临人世，
给我们说明进化是怎么回事。
可它们想告诉我们公共汽车
在到达我们之前没真正目的。

别信这鬼话，即使情况再糟

它也肯定从一开始就有目标,
要产生目的作为适合的东西:
我们曾是一个脑子里的目的。

谁的目的？他的她的或它的？
让我们把此问留给科学才子。
请给予我目的计划和意图——
那对我来说够接近万能的主。
但尽管帮我们的有头脑理性,
然而幸运的是我们仍有本能,
我们追求那启迪的最佳向导,
像一见钟情之类的热烈的爱。

无 无 歌

从不曾有过虚无,
有的永远是思想。
但当最初被注意时
它正好突然爆发
从而具有了分量。
它曾处于一种
原子一体的状态。
物质开始被创造——
确切地说是圆满,
一体而且尚未与
碰撞与对偶相关。

万事万物都在其中，
每一单个的事物
都在等待着
完全无保留地
从氢中带给人类。
它是仅有的树，
它将永远是树，
树干树枝和树根
小得那么可爱。
而这一切之本质
是那么地超小，
小得使我们的眼睛
看不见它的外表
从而使得虚无
成为整棵乾坤树①。
从入而出
再进入存在！
于是那画面出现
几乎近于虚无
只有思想的力量。

说　法

曾经有一位射手
曾经有一个时刻

---

① 乾坤树乃北欧神话中的擎天柱，传说此树接天入地，连仙界、世界和冥界为一体。

他射出了一支箭
在一个新的起点。
想必他当时曾发笑：
这其中是场喜剧。
因为他追射的猎物
是不存在的虚无，
虚无的毫无阻力
使他的箭被磨钝。

一个自己想出的概念

最近那个叫世人非信不可的信条，
那个进入孩子们教义问答的信条
便是宇宙乃一个自己想出的概念，
这简直是过去那种泛神论的翻版。

这种记忆的恢复可真是美妙绝伦。
可干吗不继续用使人困惑的声音
说上帝要么是宇宙，要么是一切？
但规矩是千万不要让孩子来选择。

"上帝哟，请原谅"

上帝哟，请原谅我跟你开的小玩笑，
而我也会原谅你曾跟我开的大玩笑。

基蒂霍克①

一九五三年重返该地访亨廷顿·凯恩斯夫妇②
（一只云雀为他们歌唱）

第一部
迹象、预感和预兆

基蒂霍克，啊，基蒂，
这儿曾有一支歌，
你肯定知道是一支
象征性的美妙的歌，
那歌我很可能唱过，
在六十年前
当年轻的我出门南下
经过伊丽莎白城③
来这儿的时候。
必须承认，我当时
被命运弄得心烦意乱，
正独自在这世上

---

① 基蒂霍克是北卡罗莱纳州戴尔县的一个小村镇，1903年12月17日，莱特兄弟在该村附近的基尔德夫尔希尔斯进行了第一次成功的飞行实验。
② 弗罗斯特动笔写此诗前，曾于1953年前往北卡罗莱纳州的基蒂霍克村拜访过凯恩斯（律师兼作家）和他的妻子弗洛伦斯。
③ 伊丽莎白城是北卡罗莱纳州东部帕斯阔坦克县县城，该县隔阿尔伯马尔海峡与南岸基蒂霍克村所在的戴尔县遥遥相望。

流浪漂泊，
那时你也许认为
我太懦弱，所以
不关心我是谁，不关心
我正被比我脚步更快的风
吹向何方——
像那封我读过后撕碎
并扔掉的信，那封
最好从没写过的信，
哦，但这不是吹嘘，
不是得意地宣称
自从纳格斯黑德①
使我的心情好转，
那阵风便使我心中
充满了一种需要：
对那种哀叹悲鸣——
说什么天下无人知晓
爱为何物，
我需要立即高声作答。
诗人知道得很多。
当白羊座、金牛座、
双子座和巨蟹座
无情地齐声嘲笑
我的答案时，
我也从来不曾
不对黄道带

---

① 戴尔县境内一小镇，是度假疗养胜地。

做出我的回答。
我一直都想
重提旧事,歌唱
最初那次出逃,
我现在能看出
那可能(或应该)
是我自己的飞翔①——
飞进未知,
飞进高尚,
飞离这些时间的沙粒,
这些时间眼看着从其
沙漏堆积的沙粒。
后来我遇见那位
飞行大师②并告诉他
有天晚上我来过这儿,
像个年轻的阿拉斯特,③
当时这地方曾被用作
某种"高飞"的场所,
早在他飞离此地之前。
若真假设我——
我曾抢在他之前先飞,
那人们所说的"第一"
会是什么意思呢?
为什么成为第一

---

① 英语 flight 一词既可作"逃"解,亦可作"飞"解,诗人在此一语双关。
② "那位飞行大师"应指奥维尔·莱特(1871—1948),因其兄威尔伯·莱特(1867—1912)去世时弗罗斯特尚未成名。
③ 参见雪莱的长诗《阿拉斯特》(又名《孤独的精灵》)。

就那么非常
非常重要呢?
说他不是第一的谎言
又怎么样呢?
我很高兴当时他笑了。
一个用金钱和花招
编造出来的谎言
曾久久流传,
直到赫伯特·胡佛
竖起这座纪念塔①
才算纠正了这个错误。②
在所有罪行中
最不可饶恕的就是
偷窃勇者和伟人的荣誉,
这甚至比盗墓
更应该受到谴责。
不过这个蹩脚的谎言
早已被揭穿。
而至于我这个玩笑,
只要我曾歌唱过,
我最有资格获得
飞机跑道的名声,
那是我的全部语言。

---

① 在赫伯特·胡佛任总统期间,一座60英尺高的装有灯标的花岗石尖塔于1932年被竖立在莱特兄弟第一次成功飞行的现场——北卡罗莱纳州的基尔德夫尔希尔斯。
② 美国科学家兰利(1834—1906)于1903年进行的动力飞行器实验并未获得成功,但史密森学会博物馆却将兰利飞机的发明日期标为1903年,这导致了谁最先发明飞机的争论,并使奥维尔·莱特将第一架莱特飞机捐给了伦敦的南肯森顿博物馆(后于1948年索回,现收藏在华盛顿的史密森学会博物馆)。

我不能让它显得
像我的主题一样
也许一直是个梦——
哈特拉斯角阴沉的梦,
罗阿诺克岛悲伤的梦,①
又一声深深的叹息,
叹人类的种子
被罗利②白白撒播,
叹穿斗篷的罗利,
叹另一番枉费心机。

由于人家太友好,
像经常发生的那样,
我结束了本可以唱完的
会使人忧郁的
《诸神的黄昏》③。
我遇到一个
从伊丽莎白城来的
什么委员会,
他们每个人都
装备有一支枪

---

① 哈特拉斯在北卡罗莱纳州东海岸以西,是大西洋上航行的一个危险区域,1936年该地一座高约59米的灯塔因太靠近大海而被迫放弃。另一座灯塔被建在更深入陆地的地方。罗阿诺克岛位于阿尔伯马尔海峡峡口,属北卡罗莱纳州的戴尔县管辖。1585年罗利在该岛首建殖民地,但十个月后又放弃;第二次建殖民地是在1587年,但到1591年该岛上已渺无人烟。
② 罗利(1554—1618),英国诗人、军人及冒险家,女王伊丽莎白一世的宠臣,早期美洲殖民者。
③ 瓦格纳四联歌剧《尼伯龙根的指环》之第四部。"诸神的黄昏"在德国神话中象征世界末日。

或一个小口大酒瓶。
(需要有人来问
那是不是长颈瓶吗?)
他们来柯里塔克①
猎杀野鸭子
或许是猎杀天鹅。
但那并不是他们
能追杀任何猎物的时节
除非他们自相残杀。
不过他们的不走运
居然使他们很快活
而且依然都彬彬有礼。
他们像对小兄弟一样
让我也参加了
他们的狂欢宴会——
为了礼貌之故,
他们对我的天真无邪的
担心和关切
无论如何都应该
被我小心珍藏。
他们温和的时候
总是多愁善感。
一个人为他母亲干杯,
另一个人则泣涕涟涟。
他们不得不让自己
装出对自己的百无一用

---

① 北卡罗莱纳州东北角一县。

感到高兴,而我
却没有必要假装,
这使我感到几分悲哀。
虽说有点失礼,
但那夜我还是
溜到了辽阔的海滩——
那线被整个大西洋
拍打的海滩。
在那儿我又遇上了
一名夜间巡逻的
海岸警卫队队员,
他从宗教派别
问到我的灵魂,
还问我过去在什么地方。
至于说到罪孽,
当时我想到了
那些毁灭者
是如何在这岸边
毁掉西奥多西娅吗?①
那是为了惩罚她,
但更为惩罚她父亲——
我们不知为何要惩罚:
并没有过招供承认。

---

① 西奥多西娅·伯尔(1783—1813)是时任美国副总统阿伦·伯尔的独生女,1807 年她父亲因叛国罪受审时她到法庭旁听,据说她的美貌影响法庭做出了有利于她父亲的判决。伯尔在被宣告无罪后逃往英国,但于 1812 年返回纽约。西奥多西娅于 1812 年 12 月 30 日从南卡罗莱纳乘船去纽约接她父亲。该船很可能在次年 1 月的一场风暴中失踪,但人们有两种传说,一说该船的乘客在船上被海盗俘获后杀害,一说船被风暴冲到了岸边,乘客被猖獗于卡罗莱纳沿海地区的盗贼所杀。

人们认为她当时穿戴的
东西有时候还
在基蒂霍克某人的
财产中被发现。
我们不可能明白
伯尔对他女儿那种
不可思议的信心:
他太虔诚了。
我们就这样交谈着
继续我们的漫步,
一边是大西洋,
一边是被哈特拉斯角
隔开的帕姆利科湾:
"当时月亮正圆",①
正如那位诗人所说,
而我引用得恰到好处。
正是高挂中天的满月,
那轮虽说不大
但又亮又圆的满月,
用它引起潮汐的力量
使一切都圆满。
基蒂霍克,啊,基蒂,
同样是在这儿,
在完全相同的一天,
与世人见解相左的我
曾向他们索要

---

① 引用丁尼生的《亚瑟王之死》第180行。

同样深切的同情
为一个迷路的儿子
和一个淹死的女儿。

第二部

我的灵感本来有机会
像一个比喻一样
从这海滩跑道起飞
来一次语言的飞翔,
可当那机会失去时
我压根儿没有想到
人们有朝一日
会像鸟儿一样
把这片天空当作舞台。
不管是你还是我
当时都没想要飞。
哦,但我们曾飞过,
的的确确飞过。
不过那仅仅是因为
我们是卡图卢斯
所说的那种
微不足道的小东西。①
说真的,我们是精神。
我们不是那种

---

① 参阅卡图卢斯《诗集》第1首第3—4行,卡图卢斯在这两行中谈到他自己的诗"namquetu solebas / meas esse aliquid putare nugas",这句拉丁文可译为:"因为你已经习惯认为我微不足道的东西里还有点价值。"

能随便束缚的东西。
在已用双脚缓慢地
走遍了这地方之后,
在已尽了自耕农
原地不动的本分之后,
我们从这里升起,
我们登上一架飞机,
于是平静的空气
像一场飓风
差点儿扯掉我们的头发。

于是我看到了这一切。

说教者们会谴责
我们本能地冒险
进入他们所称为的
物质世界,
虽说我们早就
从那棵苹果树堕落。
但上帝自己降入
肉体之中就是要
作为一个证明:
最完美的功德
在于实实在在的
冒险精神。
西方人会获得
一种更物质化的
生活方式——

一种并非不充满疑惧的
适当的方式。
所有想凭着
深入大地和天空
(请别忘了天空
不过是更远的物质)
而得以具体实现的
科学热情
都一直在西方。
如果说这不明智,
那请告诉我为什么
东方似乎已结束了
它长期以来在沉思中的
停滞不前。
那场要赶超我们的
轰轰烈烈是怎么回事?
难道可能用竞争
来奉承我们?

精神会进入肉体
而且会竭尽全力
在一次次分娩中
永远朝气蓬勃地
冲入人世。
我们可以这样想:
它那种一般被认为的
大胆的行动
就我们人类来说

便是灵魂之缥缈
朝变得具有形态
的一次有力冲锋。
在快速起跑的时候,
当那条起跑线仿佛是
划在某块石板上的时候,
(那石板当然是摩押
或摩押附近的玄武岩)①
当一心要参加一场
跳高比赛的时候,
千万别介意谁是对手——
(我相信对手只是
我们自己——人类,
处于爱和恨交织的
对抗中的人类。)
曾有家无线电台
广播说:"请开始
学习字母表,
那是 ABC,
有朝一日它们
会在一所大学校门上与一二三押韵。"
然后那家地区无线
电台又说:"继续,
继续去弄懂,

---

① 摩押是死海东岸一古王国,位于今约旦境内西南部。1866 年在迪班(巴勒斯坦一古城废墟)发现摩押碑,该碑质地为黑色玄武岩,上面刻有三十四行可追溯到公元前九世纪的摩押文字铭文;这段现存的最古老的闪语铭文记述了摩押王米沙(约公元前 850 年前后在位)进行的战争,包括与以色列诸王进行的战争(参见《旧约·列王纪下》第 3 章)。

懂的比你会唱的还多。
别因为有什么弄不懂
就惊慌失措地以为
天下有什么事不被允许。
公开或悄悄地闯入
一个又一个领域
而不要受什么良心谴责。"
于是像我还没写的一样，
一年又一年，
一英里又一英里，
越过爱琴海诸群岛，
雅典罗马不列颠法兰西，
永远向西，向西北方向，
直到那长期隐匿的意图
在我们的跳跃中
终于显露。
于是那电台叫嚣：
"飞跃——飞跃！"
正是我们美国
而非我们的朋友俄国
要将这场比赛
进行到底，
要赢得那顶桂冠，
或让我们说奖杯，
不过有一句铭文和
日期一道刻在那杯上：
　"凡能跃起者
　　都终将落下。"

地球依然是我们的归宿。
当我们不是数羊
而是数夜空的星星,
当我们满怀喜悦
抬起我们的眼睛,
当我们不去睡觉
而是彻夜不眠,
当我们为礼貌之故
像替普尔曼车厢①命名那样
替那些星星命名,
分出木星和火星,
以免把它们弄混,
这并非无意义的消遣。
有人一直鼓吹
需要考虑的一切
就是凭某种命名过程
来征服自然。
但这若非一种法则
便是个可预知的结局,
即我们所见过
并为其加上了
名称的任何东西
我们都总想去照料——
我们都总想去摸摸,
更不用说牢牢抓住。

---

① 美国发明家普尔曼(1831—1879)设计并以其名字命名的一种豪华火车车厢。

高谈阔论

有人说上帝说
我们的努力追求
便是其自身的奖赏。
但本人倒想知道
上帝在何处说的这话。

我们不太喜欢那说法。

让我们看看身在何处。
远方雾中那团
模模糊糊的黄色是什么？
去看看测程仪。
那是某座城市，
但不是纽约。
我们从刚才的地方
并没走出多远。
这儿仍是基蒂霍克。

我们本可以走远些，
即便是徒步而行。

千万别让我坠落。
尽管我们的飞机
不过是科学实验场
造出的飞行碎片，
一旦发动机熄火

它们就会坠落，
到不了任何地方，
尽管我们的飞跃
不过像蚱蜢一样
徒然从草中跃起，
终归还落进草中，
但别低估我们的力量；
我们已对无限
发动了一场袭击，
可以说已经使它
在理念上属于我们，
包括最遥远的
被霓虹灯映亮的
漂浮的尘埃。
我们的要求是要收回
长期以来被认为
事实上未加利用、
名义上被浪费的空间。

这就是我们扬名的原因，
尽管这星球如此小，
我们仍当仁不让地
获得了宇宙之中心
这个名声。
我们并不自诩
从这颗岩石星球上
发射了我们能宣称
属于我们自己的光线，

我不会不相信没有什么
新鲜得不能提及。
我们所做的一切就是
从我们的岩石,甚至
从我们的头脑反射。
而更好的部分是我们
从这头脑和这心
从智慧和思想
射出的光线。

在我们开始思考前,
天地间任何地方
都不曾有过一个
好思考的种族的踪迹。
我们不知有任何星球,
任何一个
(为了不坠落而)
被迫环绕
一个太阳的滚球场
永远旋转的星球
想到过要思考。

整体之神圣

飞行师哟,尽管你的飞行
充其量是种姿态,
尽管你的升降
不过是翻个筋斗

从不比一道闪电
更高的空中
狠狠砸在某人身上,
就在那人自家的后院,
但我并不叫你停下。
继续上升吧。
不过当我们考虑
什么能做什么不能时,
让我们使明星
继续扮演主要角色。
创造小小的
幼芽和煤块
不该是他所做的。
那两件事我们不能做。
但令人安慰的是
按照那份契约①
即使我们不能
控制整体,
至少也可以控制
某个不太大的部分,
于是只要耍点花招
我们就能把这部分
变成某种意义上的整体。
最适合我们的
恰当的担忧
就是我们积攒的财富

---

① "契约"原文为covenant,恐指《圣经》中上帝与人类订的某个契约,如"挪亚契约""西奈契约"或"亚伯拉罕契约"。

和积累的知识
所堆积的贝丘①
会被习性充斥，
我们会找不到地方
让思想得以表露。

搅 拌 工

我们这种向星星
或月亮示意的高飞
意味着我们赞成
它们的运动。
我们所做的
是像一柄巨大的汤匙
不停地搅动
以使万物保持运动，
像一名搅拌工所说，
那就是和谐，
那就是一锅粥！
物质绝不可凝结，
不可分离和沉淀。
行动就是语言。

大自然从来不十分
确定她在其模糊的
设计中不曾出错，

---

① 贝丘，又称贝冢，考古学用语，指史前居住在沿海或湖滨地区的人类所遗留的文化遗物(如贝壳、陶器和石器等)之堆积处。

直到有一天晚上
我俩双双飞来
像国王和王后
凭着天赐的权利，
挥着手中的权杖，
开始告诉她
既然由众星构成
她应该意味着什么。

有人仍然认为
这会飞的机器之神
是魔鬼撒旦，
幸亏有你，
才有这标志性的高飞，
幸亏有你，幸亏
有莱特兄弟，
幸亏他俩在他们的
家乡代顿，像格林①
那样有了飞的念头。

占 卜 师

小时候在加利福尼亚的山间，
有只巨鹰抓住我并掂了一掂，
虽说我当时被吓得半死不活，

---

① 达赖厄斯·格林，美国作家约翰·汤森·特罗布里奇（1827—1916）所作幽默叙事诗《达赖厄斯·格林和他的飞行器》（1869）中的主人公。

但毕竟从其利爪下得以生还。

这样的兆头本来非常难解释，
可回家后我父母却深信不疑：
那鸟中之王之所以把我扔下
是因为我不配做伽倪墨得斯①。

我真不配替朱庇特把盏斟酒？
这事至今还叫我想起来就怄，
当时除我之外谁都大胆断言
说我是朽木一根，不堪造就。

役　马

驾一辆极易散架的马车，
携一盏总是点不亮的提灯，
赶一匹不堪重负的役马，
我俩穿越黑暗无边的树林。

一个人突然从树林里钻出
不由分说就把马头抓住，
随之把刀伸向马的肋骨，
不慌不忙地叫马一命呜呼。

随着一根车辕折断的声响

---

① 伽倪墨得斯是希腊罗马神话中一美少年，传说朱庇特（宙斯）化作巨鹰将他攫去做了酒童。

那笨重的畜生倒在地上。
透过那黑暗无边的树林
黑夜吸入一口含恶意的风。

作为一对无论在何时何地
都绝对服从命运的夫妻，
对任何不得不归因之事
都最不愿将其归因于仇恨，

所以我们认为那杀马之人
或某位他必须服从的主
是希望我俩从车上下来
徒步去走完我们剩下的路。

结　束

那透亮的屋里的高声交谈
使路过的我们都跌跌绊绊。
哦，那儿曾有过最初一夜，
但今宵今夕却是最后一晚。

在他也许说过的所有话中，
不管真心实意或言不由衷，
他从来没有说过她不年轻，
没说过她不是他心爱之人。

唉，有人宁愿把全部扔掉

也不愿仅仅是扔掉一部分。
有人爱海阔天空信口开河,
有人则心口如一言而有信。

希望之风险

恰好就是在那里,
在果园与果园之间,
在光秃秃的果园
与青翠的果园之间,

每当果园里花蕾
竞相绽放、满园
一片洁白的时候,
便是我们最怕的时候。

因为在这个地方,
老天最容易变脸,
它会不惜一切代价,
来一夜风霜严寒。

探询的表情

那只冬枭恰好及时地侧身飞过
从而避免了把那块窗玻璃撞破。
然后它突然尽力地伸展开翅膀,

诗 歌

让双翼浸透傍晚最后一抹霞光,
它在进行一场超低空飞行表演,
为关在窗玻璃后面的那些少年。

难道就没人这样感受?

啊,海洋,尽管你浩瀚辽阔,
尽管你把我们与旧世界分隔,
而这可能已使新大陆欣欣向荣,
可最终还会使我们感到失落,
如果它不做任何预言过的事,
不让我们具备一种独有的特色。

虽说我们曾管这种作物叫 maize,
而且把它变成了一个英语词汇,
可似乎只有叫它 corn① 我们才舒心。
由于时时都怀有这种思乡之情,
我们曾那么不成熟地设法放弃
成为一个新生的民族的机会。

啊,海洋,如今飞机使你变小。
我们的水手也几乎能以舟当桥。
我们跨越距离已这般不费功夫,
海洋对我们来说已没有必要。
我们周围的壕沟已不再是壕沟,

---

① maize 和 corn 均译为玉米,前者来源于泰诺语(属印第安语群阿拉瓦克语组),后者则来源于古英语。

我们的大陆已不再是一座城堡。

哦,大海哟,去磨光空贝壳吧,
充分利用你紧贴海滩的机会。
我不能认为你就没一点过错。
从我们的大山深处涌出的泉水
汇成小河大川从陆地向你倾泻
直到有朝一日你完全失去咸味。 *

我从岸边海草中拾起一枚贝壳,
一枚干得易碎的黑色的贝壳,
把它朝前方举起作为一种象征,
我大声说"为女人干点活吧——
我求你帮忙,把我扔回的贝壳
磨成一位女士的戒指或顶针"。

此前对海洋说话的也大有其人。 +
但如果它对我的嘲讽并不想听,
那我知道还有一个地方可去,
在那儿我用不着再听它的涛声,
用不着再闻到鱼和海草的气味,
也不会在一阵风中回想起它们——

在遥远的内陆,只有在小学校
才会有人提到海洋这个名称,
当老师的经历没法解释这概念,
她只能用比喻和讲述告诉学生,
说海洋是一个很大很大的池塘,

讲辛巴达当年怎样在海上航行。

＊当笔者写作此诗时,人们似乎差不多都认可河水入海只能使海水更咸。

＋其中有国王克努特①和拜伦勋爵。

罪恶之岛——复活节岛

(这么叫也许是因为它曾经出现过)

那尊原始的人头石像,
那尊如此巨大,但
工艺如此粗糙的石像,
犹如一幅简明的图表,
从中很容易读出
昔日的痛苦和悲伤。
只有一点例外,
那微微噘起的嘴唇,
那种轻蔑的效果
已使这块巨石的重量
被载上一条船
绕过了半个世界。

他们是那石上的岁月。
他们曾把楔子打入其中

---

① 克努特(约995—1035),丹麦国王斯韦因一世之子,曾先后征服英格兰和挪威,兼丹麦、英格兰和挪威国王。

直到它从岩壁上裂开。
他们又给它一副面孔，
然后用世人不知的滑车
替一位君王将它吊上山，
让它在一道悬崖上高耸。①
可他们给了它一副
什么表情？是在
嘲笑他们自己
曾作为一个种族诞生？
嘲笑他们当初
被外来者威胁引诱
从而开始被人统治？
他们多疑的人群
是被什么计谋
哄得上当受骗，
哄得高高兴兴？
莫非他们被告知
他们可以并被鼓励
自己从它看出点什么？
凭着治理者的狡诈，
凭着欺骗和武力，
他们曾繁荣兴旺，
或说一度繁荣兴旺；
直到精力和资源
都不堪重负，

---

① 复活节岛上的人头石像一般高9.5米至12.5米，重量一般为5吨至8吨。那些石像的由来及其文化象征均无从考证。

他们开始衰落。
他们纷纷离去
只剩余一些
只能被形容为
残渣余孽
和饶舌之徒的家伙。
他们被惩罚被收买；
一切都是徒劳，
什么也不起作用。
某种错误早已铸成，
没有书能说清楚；
某种合法的变化已发生，
没有人能看明白
除非作为一种收益。
但有一点非常明确：
不管他们得炫耀的
是什么文明，
不管他们想达到的
是什么高度，
都没有一丝痕迹留下，
除了那种见者有份主义，
而那种主义已衰变
成一种信仰，
信奉当小偷，
以玩世不恭的冒险精神
坚持偷窃。

我们注定要繁盛

"辉煌吧,正在衰亡的共和国。"
　　　　　——罗宾逊·杰弗斯①

库米的西彼拉②,迷人的女巫,
你说什么是真正的繁荣进步?
我可否与我的顾客商议商议
用信心将这种繁荣进步换取?
西彼拉说:"回罗马去看看吧,
然后你会告诉家里那些顾客:
即便它不是一种纯粹的幻觉,
有关它的一切也不过是传播——
把外套燕麦选票传给全人类。
在残存的卷帙③中我们会发现
国家的作用之一就是要产生
自由主义者,或保守主义者。
这朵花蕾注定要盛开,直到
由盛及衰花瓣凋落随风飘摇;
而这是一种不可逃避的命运,

---

① 罗宾逊·杰弗斯(1887—1962),美国诗人。"辉煌吧,正在衰亡的共和国"出自杰弗斯的同名诗。
② 西彼拉,传说中的女预言家,她住的山洞在那不勒斯附近的古城库米,故称"库米的西彼拉";她发布的神谕结集为《西彼拉预言集》,又译《西卜林书》。
③ "残存的卷帙",指《西彼拉预言集》残卷。相传西彼拉曾欲将《预言集》九卷卖给古罗马王政时期第七代塔奎尼乌斯(Tarquinius,又译塔昆),因索价太高而两度遭拒,西比拉被拒一次便焚书三卷,但仍索价如初,此时国王经占卜师点破方知该书是宝,遂以原价购下残卷,藏于罗马匹托尔山神庙。

除非它宁愿枯萎而不肯凋零。"

不愿被人踩踏

在那条路的尽头
有把闲着的锄头,
我踩了它的锄口。
它愤然挺身而起
对准我的脑袋瓜
狠狠地砸了一下。
这事本不该怪它,
可我仍把它责骂。
而且我得说明白
我觉得它那一击
真像是恶意伤害。
你会说我是白痴,
可难道没这规矩:
干戈应化为玉帛,
刀枪应变成锄犁?
但我们看见了什么?
我踩的第一件工具
却变成了一种武器。

希望之泉

有位诗人居然曾怀着希望,

他希望爱情应该如此这般。
他曾说:"只要爱情果真这样,
哪怕另一件事也许不如心愿,
我也会心满意足,没有遗憾。"
出于敬意我逐字引用他的话。
可有种古怪的遗憾令他心烦。
我愿意付出任何代价去得知,
他除爱之外还牵挂的另一件事。
不过请留心听我给你说说
我希望存在的另外一样东西。
作为一个对天文学着迷的人,
我总是希望有片更好的天空。
(我并不在乎世人会怎么过。)
我真想摆脱所有的限制束缚,
像用泼彩法绘磷光画那样,
让整个天空都布满月亮,
如同喜庆日里天上飘满气球。
那应该博得星期日报纸的喝彩。
但那并不像我所为。我的心
从童年起就只想得到少得多
而且得来容易得多的东西。
有些行星,那不眨眼的四颗,
被发现有许多月亮做伴。
伙伴越多当然乐趣也越多。
但我想要的只是另外的一颗。
且听我把我的咒语念对:
"我希望我可以,希望我能够"
给地球增添另一颗卫星。

我们从哪儿去弄另一颗？得啦，
难道你不知新月亮从何而来？
当有些聪明人问我，我的诗
从何而来，我总会感到绝望。
在纽约我就很容易告诉他们
我认为我得到我的诗，是通过
来自某根废弃的旧烟囱的鹳。
不管你信不信，阿卡狄亚人①
宣称他们还记得大地母亲
当初生下她的那天早晨。
那使大地经受了巨大的痛苦，
就像济慈（或弥尔顿？）说的
她因高大的卡夫而受的痛苦。②
它差点儿没把她撕成两半。
它从她的太平洋边分离而出。
当时所有的海水和所有的风
形成一股洪流涌向那地点。
不管你信不信，阿卡狄亚人
那天是凭紧紧抓住一种叫作
西菲恩的树③才得以逃生，
那种树有一种了不起的特性，

---

① 阿卡狄亚是伯罗奔尼撒半岛中部一山区，传说该地是宙斯的降生之处，故阿卡狄亚人声称是世界上最古老的民族。
② 参阅济慈的长诗《许珀里翁》第 2 卷第 54—57 行："……紧挨着他的／是亚细亚，她的父亲是最高最大的卡夫，／她母亲忒卢斯生她时所受的痛苦／比生任何一个儿子还多……"济慈曾说，他之所以没写完《许珀里翁》是因为弥尔顿开始对他的写作产生决定性的影响。济慈诗中"卡夫"这个名字也许是取自英国小说家威廉·贝克福德用法语写的小说《瓦特克——一个阿拉伯传奇》，这本书于 1786 年翻译成英语出版，"卡夫"在该书中等同于高加索山脉。
③ 一种记载于古希腊典籍但早已绝种的树，其树脂叫作 Laser，曾被用作药物。

任何力量都不能将其连根拔起。
那天人们在风浪中悬在树上,
身躯和双腿像燕尾旗迎风飘扬。
他们多数最终都被风浪卷走。
但当时也出现了这样的情况:
有些人在被迫松开双手之前,
他们的身子早已经不知去向。
今天在西菲恩树的树枝丛中
偶尔还会发现一只手的骨骼
绝望地死死抓住那些树枝,
科学对此迄今也没法解释。
最近在安蒂奥克的博物馆里
它一直是人们谈论的唯一话题。
那就是关于它来自太平洋。
要是从大西洋得到另外一只,
它不一定使人感到这么可怕。
因为若来自一个较小的大洋,
它就不一定有这般巨大。
自由主义者也许会反对说
我的看法对人类过于严厉。
那是我要准备面对的一件事。
刚刚停止工作的造物主
是那么经常地问他自己
如何使坚实的天空不致变软,
而这所需要的仅仅是清洗。
人类实际上永远不会被灭绝,
对此我无论如何该深信不疑。
改天我得对此进行一番探究。

世上一直都有座亚拉腊山①,
有人曾在那儿生下另外的人,
从而使人类又开始繁衍生息。

当非你莫属且形势需要时,
你要想不当国王真是太难

国王对他的儿子说:"这已令我厌烦!
王国是你的了,随你怎么处置。
我今晚就逃走。给,拿好这王冠。"

但王子及时地缩回了他的双手,
避开了他不知他想不想要的王冠。
于是王冠坠下,珠宝撒了一地。
王子一边拾地上的珠宝一边回答:
"父亲,我观望已久,我不喜欢这
王国的模样。我要和你一起逃走。"

父子二人就这样放弃了王位,
并化装成平民双双逃离了王宫。
可他俩没走多远夜幕便降临,
于是在路边荒草丛生的斜坡上
精疲力竭的他俩坐下来看星星。
望着他希望属于他自己的那颗——

---

① 即今土耳其东部的大阿勒山。《旧约·创世记》说挪亚的方舟在洪水消退后便停搁在此山上。

猎户座的β星、γ星或α星，①
前国王说："远方那颗星的冷漠
使我非常担心我只能听天由命：
我不一定认为已逃脱了我的职责，
因为当非你莫属且形势需要时，
你要想避开不当国王真是太难。
你看当年尤利乌斯·凯撒有多难。
他简直没法阻止自己称王称帝，
结果只好被布鲁图②的匕首阻止。
不当王只对华盛顿才稍显容易。③
你将看到，我那顶王冠会追上我，
它会像个铁环在我们身后滚来。"

"让我们别迷信，父亲，"王子说，
"我们本该把王冠带出来典当。"

"说得对，"前国王说，"我们需要钱。
你看这主意怎么样：你将你老爸
带到某个市场上的奴隶拍卖场，
标个价把他卖给什么人当奴隶？
卖我的钱应该够你做一门生意——
或够你坐下来写诗，若你想当诗人。
不过别让老爸告诉你该做什么。"

---

① 猎户星座内的一等星。
② 布鲁图（公元前85—公元前42），古罗马贵族派政治家，刺杀凯撒的主谋。
③ 美国第一届总统华盛顿在两个任期之后主动拒绝了第三个总统任期，晚年在家乡弗吉尼亚的维农山庄度过。

前国王站到了市场上的奴隶摊位,
试图卖个相当于一万美金的价钱。
第一个买主过来问他有何能耐,
他大模大样地回答:"让我告诉你,
我知道天下许多东西的本质。
我知道最好的食物,我知道
最好的珠宝,我知道最好的马,
我还知道男人和女人的奥秘。"

那宦官笑着说:"知道得可真不少。
但这儿钱也不少。谁是卖主?
这个无赖?好吧。你跟我来。
你现在去上都①到御膳房帮厨。
我先要试试你在厨房的本事,
因为你刚才最先说的是食物。
好像你说最好的就是本质奥秘。"

"因为我是罗兹奖学金获得者。
我曾在罗得岛上念过大学。"②

这奴隶在见习期间一直洗盘子。
但有天他终于得到了掌厨的机会,
因为那天大厨师感到忧心忡忡
(那厨师和国王一样喜怒无常)。

---

① 上都是柯尔律治在《忽必烈汗》(1797)一诗中所描述的忽必烈下令修建"一巍峨宫阙"的地方。
② "罗兹奖学金"是由英国殖民者及实业家罗兹(1853—1902)为英美学生设立的一种奖学金。"罗得岛"是希腊一海岛,位于爱琴海东南部。"罗兹"和"罗得岛"在英语中的拼写和读音都相同,故对原文读者来说,这两行诗是个有趣的文字游戏。

那顿菜赢得了赴宴者的满堂喝彩,
于是君王询问那天掌勺儿的是谁。

"一个外乡人,他声称通晓奥秘,
不仅是对菜肴,而且事事都知,
包括珠宝马匹女人美酒和歌赋。"
君王大悦,说:"让我们的奴隶
也像我们这样大吃一顿。听好,
哈曼①,他现在受我们欢迎。"

有天一位商人进王宫来卖珍珠,
一粒小珍珠他开口要价一千,
一粒大珍珠他却只索价五百。
君王坐在那儿犹豫不定,他爱
一粒珍珠之硕大,另一粒之珍贵。
(他似乎一直觉得只能买一粒)
直到从篷特②或别处来的使节
开始蹭脚,仿佛在恭敬地暗示,
"哦,陛下,照我们看来,你
不是在选珍珠,而是战争与和平。
我们焦急地等你做出高贵的决定。"
当时若非有人想到了掌灶的奴隶
并把他唤来结束了君王的犹豫,
谁也没法估计协约国之间的关系

---

① 原文读者多半会从 Haman(哈曼)这个名字联想到《旧约·以斯帖记》第3—7章中记述的那个恶人哈曼(波斯王亚哈随鲁的宰相)。
② 篷特是古埃及人对非洲东部沿海地区的称呼,他们曾从那里运回奴隶、黄金、香料等财物。

将会恶化到什么样的地步。

那个奴隶说："这粒小的价值连城，
但这粒大的一钱不值。把它砸开。
我用脑袋担保，你会发现它是空的。
让我来"——他用脚把大珍珠踩裂
并让大家看里边有只活的蛀船虫。

"但请说说你怎么会知道。"大流士①问。

"这个嘛，凭我对珍珠本质的了解。
我告诉过你们我知道珠宝的本质。
不过今天这事其实谁都能猜出，
因为这粒珍珠摸起来像皮肤有体温，
所以里边肯定包有什么活的东西。"

"给他再来一桌丰盛的宴席。"

随后的日子又是盛宴接着盛宴，
直到有一天君王感到忧心忡忡，
（这君王和大厨师一样喜怒无常，
但以前没人注意到这之间的联系）
他私下召见那位当过国王的奴隶。
"你说你知道所有人的奥秘，
而且还知道万事万物的本质。
请大胆直言，给我说说我自己。

---

① 根据下文，原文读者可能会联想到波斯王大流士二世(在位期公元前423—公元前404)。

什么使我烦恼?我为何不高兴?"

"你没待在属于你的地方。你
并非王家血统。你父亲是个厨子。"

"欺君可是死罪。"

"这你可以去问你母亲。"

他母亲很不喜欢他提问的方式,
但她说:"是的,改天我会告诉你。
你有权知道你自己的血统家世。
你当国王全是因为你的母后,
而这也不寻常。有那么多国王
都娶过在街头乞讨的贫寒少女。
你母后的家人——"

他没有再听下去,
而是匆匆赶回去对他的奴隶说,
如果他把他处死,那不是因为
他说谎,而是因为他说出了真相。
"至少你该因玩弄巫术而被处死。
但你若告诉我底细我就饶了你。
你怎么会知道我出身血统的秘密?"

"若你是个龙种凤生的真命天子,
那凭我替你做的所有那些事情,

诗 歌

你本该封我个你们的什么维齐尔①,
或是赐给我贵族的头衔和领地。
但你能想到给我的就只有吃的。
我替你挑过一匹马叫平安三号,
是平安一号生的平安二号的马驹,
以保证它能驮着你平安逃离
你有意要输掉的任何一场战斗。
你可以输掉所有的战斗和战争,
你可以输掉亚洲、非洲和欧洲,
但没人能抓住你,你总能活下来。
你在摩苏尔②全军覆没。但结果呢?
你虽是孤家寡人,但仍平安归来。
这不是真的?可我得到的奖赏呢?
这次固然是一台通宵达旦的豪宴,
但还是吃的。你满脑子只有吃的。
而只有厨师的儿子才会只想吃的。
所以我知道你父亲肯定是个厨师。
我敢打赌,作为一国之君,你替
你的人民想的就是给他们吃的。"

但国王反问:"难道我没在书中读过
最适合君王的行为就是给予?"

"可不仅仅是给食物,还有特性。
君王必须让他的人民具有特性。"

---

① 伊斯兰国家的大臣。
② 伊拉克北部城市,其前身是亚述帝国古都尼尼微。亚述帝国崩溃后曾先后为波斯帝国、亚历山大帝国、塞琉古帝国、萨珊王朝、阿拉伯帝国和蒙古帝国征服。

"他们得吃饱了肚子才谈得上特性。"

"你真不可救药。"奴隶说。

      "我想是的。
我在你面前很自卑,"大流士说,
"你懂得那么多,接着给我讲呀,
告诉我治国安民的一些规则。
万一我最后决定再当一阵子国王,
我该如何让一个民族具有特性呢?"

"让他们享有适合于他们的幸福。
可这点很难,因为我不得不补充:
你不能不去体察他们的意愿,
而这就是让进步溜进来的裂缝。
要是我们能相对持久地把进步
阻止在什么地方,在麦迪逊①曾
试图阻止它的好地方,那该多好。
可这不行,一个女人总要人老珠黄,
一个民族总要走它螺旋形进步
的必由之路,从国王到民众到
国王到民众再到国王,像涡流
一样循环旋转,直到涡流消失。"

"进步就说到这儿,"大流士温和地说,

---

① 影射美国第4届总统詹姆斯·麦迪逊(在任期1809—1817)。

"另一个使我烦心的字眼儿是自由。
你善于说理。给我说说自由的道理。
这自由与特性到底有什么关系?
在沿爱琴海东岸的那些希腊城邦,
我的总督蒂萨菲尼斯①一直在受
自由折磨。那里的人张口就是自由。"

"看看我这衣衫褴褛背里拉琴的儿子,"
前国王说,"在这件事上我俩一致。
当我卖身为奴时,他就是那个收钱
的人——这对他是种小小的耻辱。
他是个好孩子。那都是我教唆的。
我把那钱看作一笔卡内基②奖学金,
让他凭此把自己培养成一个诗人,
如果凭钱就能培养出诗人的话。
不幸的是经受考验不光需要钱。
那笔钱没能使他坚持到最后。
现在他也许不得不转向其他行道
挣钱谋生。对此我不会加以干涉。
我希望他成为他不得不成为的人。
他已经乞讨着走过了当年荷马乞讨
过的七座城市。③ 他能给你讲自由。
我得知他写自由诗,有人认为

---

① 蒂萨菲尼斯,公元前414年至公元前395年任波斯帝国驻小亚细亚总督,当时小亚细亚沿海诸城邦正与雅典结盟。
② 卡内基(1835—1919),美国钢铁企业家,生前曾捐款资助英美等国的文教科研机构,创办图书馆和基金会等。
③ 一首有多种唱法的古希腊民谣中有如下两句:"有七座城市都争着说它是荷马的出生地:／士麦那、罗得、卡洛封、萨拉马、伊奥斯、阿尔戈斯和雅典。"

他将成为七项自由的创造者,
意志、贸易、诗体、思想之自由,
还有恋爱、言论和铸币之自由。
(你应该看看科斯岛的铸币。)
他名叫厄马,作为罗兹奖获得者,
我照伦敦土话把厄马念作荷马。
有诗人告诉我们自由就是受奴役,
让自己沦为英明领袖理论的奴隶,
不管那理论是卡尔·马克思的
还是耶稣的,它都将使你获得自由。
别听他们玩弄似是而非的怪论。
唯一可靠的自由就在于撒手离去。
我和我儿子已试过,所以知道。
在离去的一瞬间我们感到了自由,
就像原子碎片飞向虚无飘渺。
国王要解决的问题只是在学校里
和国家内,自由之缺乏和法纪之
严厉应该绝对到什么样的程度,
以确保我们的离去具有喷射力,
像果仁从我们捏紧的指缝间飞出。"

"所有这些技巧都叫我灰心丧气。
请原谅我插话;我一点儿不快活。
我想我应该叫刽子手把我处死,
并叫他们强迫你父亲当国王。"

"别让他蒙你,他本来就是个国王。
他虽几乎无所不知,但也会出错。

诗　歌

我不是个自由诗人,这点他就错了。
我得声称我就是实实在在的我。
如人们所说,我写地道的格律诗。
我现在谈的不是自由诗而是无韵诗。
这种诗来自基于一种韵律(即
或宽或严的抑扬格)的节奏旋律,
由那种旋律产生音乐节奏之表达。
表达之和谐不是韵律,不是节奏,
而是节奏和韵律产生的一种结果。
上帝说告诉他们 Iamb①,就是这意思。
自由诗不考虑韵律,而且可用
教堂圣歌之吟咏来弥补其不足。
所谓的自由诗其实是受宠的散文,
是被教会音乐赋予了旋律的散文。
它也自有其美,只是我不写它。
也许我不写自由诗便可以防止我
像惠特曼或桑德堡那样,对自由
大发议论。但请允许我下个结论:
告诉蒂萨菲尼斯别在乎那些希腊人,
他们追求的自由是政治活动之自由,
即没完没了地投票并为此高谈阔论。
艺术家们对公共自由之所以显得
那么不感兴趣,其原因就在于
他们已开始感到需要的自由是一种

---

① 据《旧约·出埃及记》第 3 章第 13—14 节记载,当摩西问上帝该如何向以色列晓喻上帝之名时,上帝答曰:"I am that I am(我是我所是)。"弗罗斯特据此又玩了个文字游戏:Iamb 意为"抑扬格"(英语诗歌的一种音律),但原文读者可以把这个词读成 I am b(我是 b)。

没人能给他们——他们不可能得到的
自由，他们自己获取素材的自由；
所以他们对比拟从来不感到困惑，
不管他们面对的是什么事物，
他们都能精确地把握其本质倾向。
在这种毫无困惑的理想时刻
无论是人的名字还是名词的形容词
都可像一个精灵从虚无中被唤出。
我们不知对这种时刻欠下了什么。
也许是美酒，但更有可能是爱情，
或许仅仅是肉身躯体之安然无恙，
或是思考对抗竞争后的稍事休息。
这肯定就是我父亲说离去的意思，
自由自在地飞进天然的联系。
一旦尝过这自由，别的都无法比拟。
我们的日子会在等待它重返中度过。
你肯定读过伯里克利寄给离别的
阿斯帕齐娅①那封著名的情书：

　　对上帝而言，最自由的感觉
　　一定就是他在比拟上的成功
　　当他一看见你就想到了我。

让我们看看，我们处在什么境地？

---

① 伯里克利(公元前495—公元前429)，古希腊著名政治家，民主派领袖；阿斯帕齐娅(公元前470—公元前410)，古希腊雅典美女，伯里克利的情妇，与他共同生活了十六年(公元前445—公元前429)。

哦,我们正处在一个过渡时期。
要用一个老国王换另一个老国王。
我们活在一个多么令人激动的时代——
人人都在谈论青春之希望和青年的
无所作为。看看我吧,我似乎完全
被人忽视。没人提名要我当国王。
刽子手已经抓住了大流士的腰带,
要带着他离开亚洲的道路,
在没有律师的情况下让他湮灭。
不过这似乎正是大流士所希望的。
简直没法理解亚洲人的思维方式。
父亲注定要遭受我们避之不及的。
迷信胜利了。他会怪那些星宿,
金牛座α星、御夫座α星和天狼星,
(因为我记得它们曾是夏夜星辰,
在我们逃离泰西封①的那天晚上)
怪它们只是冷眼旁观而不干预。
(我们干吗如此怨恨冷漠超然?)
但千万别告诉我最后出卖他的
不是他自己对君王气质的极力炫耀。
当非你莫属而且形势需要之时,
你要想避开不当国王真是太难。
而这个世界一半的麻烦都在于此
(或我几乎想说其实还不止一半)。"

---

① 参见本书上卷《欠债之巧妙》一诗第6行注释(第521页)。

大胜前夕写于沮丧之中

我曾经有一头奶牛跳过了月亮，
不是跳向月亮，而是跳了过去。
我不知什么使她如此精神失常，
因为她吃的一直都是红花苜蓿。

那是我教母古斯①在世时的事情。
但虽说我们今天比当年更愚蠢，
虽说人人都灌足了苏打矿泉水，
我们依然没能追上我那头奶牛。

续　篇

但如果我当时想要追过月亮，
追上我的奶牛抓住她的尾巴，
我敢说肯定是因她叫声悦耳，
而且把她的蹄子踩进了奶桶；

这可是天下最最无礼的行为。
一头牛曾对一个人这样表现，
那人咒骂着从挤奶凳上站起，
厉声说："我要教你如何吼叫。"

---

① 英语人名 Goose（古斯）字面意思是"鹅"，由此引申出笨蛋、傻瓜之义。

当时他没法用干草杈去打她，
也没法用草杈的杈尖去戳她，
于是他跳上她那毛茸茸的背，
咬得她皮开肉绽露出了骨头。

毫无疑问她宁愿挨一顿草杈。
她勃然大怒发出了一声吼叫，
声音大得远在纽约也能听见，
而且成了报纸上的头版头条。

他也冲她吼："这是谁挑起的？"
这就是人们在一场战争之后
总要问的——不问是谁赢了，
也不问打仗到底是为了什么。

银河是条奶牛路①

凭借硬得拍不动的翅膀
我们开始为离开地图
进行倒数第二次旅行
而兴高采烈，欢欣鼓舞。

---

① 西方人关于银河的来源有各种传说，许多人认为银河是亡灵去往未来世界踏出的通道；罗马神话讲银河是天后朱诺在小赫剌克勒斯偷吮她的奶时被惊醒，奶汁溅射而成；希腊神话讲银河是英雄珀尔修斯（后化为英仙座）骑神马珀伽索斯（后化为飞马座），去救美女安德洛墨达（后化为仙女座）时马蹄踏起的尘埃；古埃及人说银河是由撒在通往乐园之路上的麦粒汇成；北美印第安人则相信银河是勇士的灵魂去往"打猎欢宴天堂"的路。

但由于哪儿也没到达，
我们像小孩一样使性子
毫无目标地冲着空气
把我们拥有的一切都丢弃。

刺探隐秘的恶习难改，
我们总想看到那片因
一块块天然铀而发光的
天空会造成什么后果。

最后在自我崩溃之中
我们向我们的妻子坦白
说不定那条银河
就是女人的生活之路。

我们智商并不低的妻子
回答说，她们宁愿相信
银河是那头跳过了月亮的
奶牛①走过的路。

如任何人都能看见的
一样，她的天路历程
留下的那条抛物曲线
也许永远不会带她回返。

那位男人们和女人们的

---

① 参见上首《大胜前夕写于沮丧之中》。

最理想的奶妈
已把人间琐事丢下
奔向了茫茫的宇宙。

而且她继续偏离正道
越过低矮的牧场栅栏
沿着那条长长的银河
在星星上寻觅草料，

如一些多年生的花草，
一直寻到像某人说的
我们这个宇宙有一道
锋利的边缘的地方；

所以如果她不小心
她会让咽喉被割破，
不过那种事与任何人
都不相干,除了——

写下这些诗行的诗人，
因他一生对芸芸众"牲"
之冷漠一直是因为
它们曾经没有得到的。

真正的科幻小说

眼下我没跟上人类的步伐，

没有同他们一道日行千里，
这点几乎不可能瞒得太久，
十之八九都会被他们注意。

他们中有人也许会发现
我一直远远地掉在后边，
慢条斯理地消耗着生命，
优哉游哉地说地谈天。

虽此时他们还只是嗤笑
我是如何如何牛步蜗行，
还只是非常宽容地责备
说我是个因循守旧的人。

但我知道他们是什么货色；
随着他们越来越成为核心
而且越来越偏执地依赖
现代科学传播的福音，

在他们眼中，我这种闲荡，
这种比音速还慢的逍遥，
甚至比光速还慢的转悠，
不会不显得像是离经叛道。

最后他们对我采取的措施
可能是送我到太空流放地，
他们认为那样一个场所
很快就会在月球上建起。

只要带上一罐压缩空气,
我几乎就可以去任何地点,
准确地说是可以任人摆布,
被送去做一种高尚的实验。

在面貌那么可憎的星球,
是该先送个废物上去溜溜,
以便弄清得等多长时间
他们才能把它变成一个州。

* * *

最后这一节献给被遗弃在乌鸦岛上的海德①

我写这诗是要用点乐观主义
哄你在岛上高兴地过圣诞节,
你那座岛应该是一座岛,但
却不是,因为那是一个地峡。

·尴尬境地·

尴尬境地

虽说人世间有恶这种东西,
我却从不因此悲哀或欢喜。
我知道恶必须存在于人间,

---

① 诗人的朋友爱德华·海德·考克斯把他坐落在马萨诸塞州曼彻斯特海滨的房子叫作"乌鸦岛"。

因为人世间应该永远有善。
而正是凭着两者相互对比
善与恶才这样久久地延续。
所以辨别能力才不可或缺。
所以即便仅仅是为了辨别
什么值得爱和什么值得恨
我们也需要费心机伤脑筋。
若引德尔菲神谕所的神谕：①
像爱自己一样爱你的邻居
像恨自己一样恨你的邻居，
这样尴尬就会达到其极致。
我们早就因食禁果而领悟
人脑根本就没有替代之物。
可你用我讨厌的影射方式
暗示说除非替代物是杂碎。
你迫使我白纸黑字地承认：
我过去曾愚不可及地认为
人脑和杂碎是同一种东西，
直到我被人逮住并遭羞辱，
先是被肉贩，接着被大厨，
然后是被一本很科学的书。
不过正是凭着让杂碎灵光，
我才被认为有很高的智商。

---

① 德尔菲乃希腊一古城，曾有著名的德尔菲神谕所，该所位于该城的阿波罗神庙内殿，故又称阿波罗神谕所；古代祭司们宣布神谕总是含糊其词或模棱两可，使神谕具有多种解释，这样神谕到头来总会应验。

一种反应

且听我胡言乱语。
科学往一个洞里
打下了一根桩子
于是他使它被磨蚀。
科学曾进行出击
于是他占了点便宜。
那便是他所得到的。
"啊,"他曾发问,
"去那边的是什么人?
我们应该相信什么?
那边有一个'它'吗?"

在一杯苹果酒中

看来我只是小小的沉渣,
一直等待着杯底被搅动,
这样我可抓着气泡上升。
我搭乘的一个气泡炸开,
于是我又一头沉了下来,
但处境并不比先前更坏。
等下去我会把另一个抓紧。
我注定要不时地兴奋一阵。

咏　铁

工具与武器

给阿尔梅德·沙哈·博哈里①

她最最内在的自我天性总要分裂，
结果因不得不偏袒一方而伤人类。

"有四间房的木屋"

有四间房的木屋高高地
竖有一根细细的天线杆，
天线杆接收天上的幻象，
幻象无目的地滚滚流逝。
不管是耳朵听到或眼睛
看到的都是要花钱买的。
希望你心满意足地坚持。

"虽说全体民众"

虽说全体民众

---

① 阿尔梅德·沙哈·博哈里(1898—1958)，巴基斯坦教育家及外交家，曾任巴基斯坦常驻联合国代表和联合国负责新闻事务的副秘书长。他曾于1956年邀请弗罗斯特为联合国总部的冥想室题写了这首诗，但这两行诗最终未能镌刻在那里。

都紧张不安,
但迄今为止
至少外层空间
仍只讨人喜爱
而非被人挤满。

当选佛蒙特诗人①有感

天地间可有这样的一位诗人,
当发现他的故乡和邻里乡亲
懂得他的诗而且还有点喜欢,
他竟会不被打动,不生情感?

"我们无法驱除这样的迷信"

我们无法驱除这样的迷信:
我们珍爱的一切
都会因绝对的不幸而消失
而且将彻底湮灭。

"需经校内校外的各种训练"

需经校内校外的各种训练

---

① 参见本书下卷《作者年表》1961年条。

方能适应我这种戏谑调侃。

"冬日只身在树林"

冬日只身在树林，
我去跟那些树作对。
我挑了一棵枫树
并把它砍倒在地。

沐浴着西天晚霞
我直身扛起斧子，
在映染霞光的雪上
我留下一线足迹。

我看一棵树之倒下
并非大自然的失败，
而为了另一次出击
我的退却亦非失败。

集 外 诗*
1890—1962

---

* 弗罗斯特一生还写有一些他后来不愿意收入集子的诗。这些诗或散见于各种报刊、早期的诗集(后再版时被他剔除)和他写给朋友们的信中,或以手稿的形式存留于世。

伤心之夜①

特诺奇蒂特兰城②

风云突变。那座城市曾
有过的安宁和瑰丽壮观
都已经一去不返。
眼下是战争在支配着
那群人,而仅仅一星期
之前,他们还全都
在尽情地作乐狂欢。
此刻只有伤员的喊叫
或哨兵查口令的声音
偶尔划破夜的宁静。
在君王们曾发号施令的
都城里,已被围困
多日的西班牙人,
被饥饿和无情的敌人
逼迫的西班牙人
正在寻求逃跑的途径。

---

① 原标题为西班牙语 La Noche Triste,传统上特指 1520 年 6 月 30 日晚至 7 月 1 日晨那一夜,是夜埃尔南多·科尔特斯(1485—1547)率领的西班牙殖民军在从特诺奇蒂特兰撤退时遭受重大伤亡。诗中的细节取自普雷斯科特所著《墨西哥征服史》(1843)第 2 卷第 3 章。
② 墨西哥城的古称,曾为阿兹特克帝国之首都。1519 年 11 月 8 日,科尔特斯率军进入该城,一星期后把阿兹特克王蒙特苏马扣为人质。

夜伸手不见五指，
黑云遮掩着天空，
周围是死一般的寂静。
科尔特斯坚定沉着，
他始终都泰然自若，
对众人而言，他的话
就是法律。他的突围计划
已形成，眼下时机正好。
人人都各就各位，
只等信号一发出，他们
就将开始艰难的撤退。

逃　跑

突围的命令传了下来，
紧闭的城门终于大开，
一长溜黑影鱼贯而出，
踏上了弃城逃跑的路途。

一开始队伍小心地前进，
像船在暗礁之上航行，
随时提防着暗藏的危险，
暗藏的危险可能会致命。

现在他们径直走向堤道，
尖兵队抬着活动木桥，
木桥被架上湍急的水渠，

队伍从桥上越过波涛。①

但他们刚刚到达对岸，
就听见身后鼓声震天，
蛇皮战鼓的隆隆之声
随着夜风飘荡在湖面。

隆隆的鼓声刚刚停息，
湖面上刚刚恢复岑寂，
这时一声嘹亮的螺号
又在寂静的夜空响起。

螺号声是个不祥之兆，
使每颗心都充满了恐惧，
每名炮手都指望逃命，
都一心想找个安全之地。

在惊慌失措的绝望之中
他们扑向下一条水沟，
四周不是敌兵就是湖水，
他们像落入笼中的野兽。

那队人马像一股水流，
忽而往东，忽而往西，
异教徒从四面八方涌来——

---

① 特诺奇蒂特兰城建在特斯科科湖中的岛上，由三条堤道与大陆相连，当时该城周围有许多运河及沟渠。后来人们为获得耕地而利用沟渠把湖水引入帕努科河，致使湖水干涸，留下大片不宜耕种的盐碱地。

夜晚正在慢慢地过去。

一阵喊杀声划破夜空,
前方出现了敌兵首领,
他头顶的羽毛猛烈晃动,
西班牙人哟,可得当心!

西班人的大炮已经裂口,
在乱军中依然瞄准敌人,
英勇的莱昂①等在炮旁,
准备用剑与对手一拼。

那首领一下扑到他跟前,
高高举起他的狼牙铁棒,
铁棒击碎了西班牙钢甲,
莱昂面朝下倒在地上。

他在他的大炮边死去——
他英勇牺牲,以身殉职,
那一夜有许多勇士倒下,
他的部下都肝脑涂地。

桥头那些忠诚的卫兵
已经用完了浑身的劲,
但木桥早被雨水泡胀,
他们没法挪动它一分。

---

① 胡安·巴拉西克斯·德·莱昂,西班牙殖民军将领,科尔特斯的手下。

黑暗中传来一声呼号:
这场突围战已经输掉;
此时连科尔特斯也冲部下
劈头盖脸地一阵怒号。

有些人跳进水渠逃命,
但转眼之间便沉入水底,
甚至水渠都被尸体阻断,
其他人踏着尸体过了水渠。

阿尔瓦拉多①也身陷重围,
单人匹马左冲右撞,
最后他杀开了一条血路,
可惜不会有人与他分享——

因伸手不见五指的黑夜
把最辉煌的壮举掩藏,
这壮举得等到未来岁月
才能为英雄的名字增光。

当时他忠实的坐骑倒下,
因它被敌人的长矛刺穿,
他猛退几步,一声呐喊,
然后朝前狂奔如离弦之箭。

奔跑中他突然高高跃起,

---

① 佩德罗·阿尔瓦拉多(约1485—1541),西班牙殖民军将领,曾任危地马拉总督,在征服墨西哥的战争中任科尔特斯的副手。

看上去像凝固了一段距离，
转眼之间大功告成，
他飞身跃过了那条沟渠。①

面对面与战友站在对岸，
他们终于脱离了危险。
复仇的欲望得到了满足，
阿兹特克人也收兵回返。

所以当旭日升起在东方
放射出它的万道金光，
敌人像是被阳光驱散，
各自寻道路返回营房。

穿过横七竖八的尸体，
踏过遍地的黄金和血污，
阿兹特克人去向他们的神庙，
因那场战斗已经结束。

我们无须跟随西班牙人
越过平原并翻过山岭，
只说他们最后到了海边，
重新获得了命运女神的垂青。

在那个夜晚结束之前
曾照映过那场战斗的火焰

---

① 这便是一些史书记载的"阿尔瓦拉多之跃"。

如今早已灰飞烟灭
连同阿兹特克人的王冠。

蒙特苏马王朝不复存在，
他们的统治早已经完蛋，
现在是自由的人民当家做主，
在那片土地上生息繁衍。

1890 年

浪花之歌

"在深深的大海上滚动翻飞，
沉没的财宝在我身下沉睡，
当我朝着海岸慢慢地涌去。

我平静地涌动，随流逐潮，
压根儿没去想过什么目标，
滨旋花①在我周围鸣钟吹号。

我头顶上的天空宁静安详，
我身下的海底有海草生长，
有鱼儿在海草间游来游往，

忽而游进阳光忽而进阴影，

---

① 滨旋花是一种生长在海滨的旋花属植物，开粉红色钟形或喇叭形花。

忽而消失于某座海洋森林，
由不安的海水造就的森林。

像先前一样继续涌动向前，
此时已能望见远方的海岸，
已能听见碎浪沉闷的呐喊；

于是我加快了涌动的速度，
满怀喜悦去加入我的同族，
在海岸边有白光闪烁之处，

心中没有一丝悲哀或苦恼，
像一片树叶似的翩跹舞蹈，
毫不在乎那些峭壁或暗礁。

瞧！黑色的峭壁高耸入云，
往我身上投下可怕的阴影，
向我预告即将到来的厄运。

啊！我也许能够到达陆地，
把那阳光照耀的沙滩冲洗，
然而四面八方的这些礁石

像要把我的欢乐之路阻挡，
像是要从海面高高地隆起，
遮住头顶辉煌灿烂的阳光。

现在我必须低下高傲的头，

不再去自由的大海上漫游。"
听！巨大的碰撞声和悲鸣,
那浪花结束了短促的生命。

1890 年

梦遇凯撒

梦样的一天,一阵柔和的西风
在森林中的隐蔽处窃窃私语;
羊毛般的白云从头顶缓缓滑过,
渐渐消失;在林中最幽深的地方
穿过一条条悬垂头顶的林间通道
画眉慵懒的啼鸣引起一阵阵回声。
大自然仿佛要编织出一个魔环,
用其支配人的头脑,让脑海里
只浮现对久远年代的回忆和梦幻。
所以当那个夏日的下午慢慢过去,
当我在大自然的摇篮中昏昏欲睡,
当我注视着一条小溪潺潺流动,
许多幻象:一群忙碌的人、昔日
的生活和那些一去不复返的岁月,
乱七八糟地涌过我疲倦的脑海;
直到远方群山中传来隆隆的雷声,
对这样一种人发出及时的警告:
离开家的庇护去四处漂泊的人

会忘了时空存在,忘了他还活着——
被大自然使人恍惚的裹尸布包裹,
被诱去探究她最幽深玄妙的领域。
那渐逝的声音从一条溪谷被抛向
另一条溪谷,但我却没有注意。
随即山风突然向静静的森林吹来,
使树叶全都高兴得载歌载舞。
然后胸膛比夜还黑的团团乌云
沿整个地平线的边缘向上升起,
一时间天空布满了疾飞的乱云。
这样,就在暴风雨的传令官快要
把发怒的大暴风雨引来的时候,
从最先飘来的云块的罅隙之间
一道道光柱射下,像架在座座树林
和片片草地上的云梯,林中仙子
可攀梯穿云去往天上。
　　　　　　　于是顷刻之间
周围的一切都像被施了一种魔力:
因为我的脚边就竖着这样一架天梯,
我定睛细看,一个先很朦胧的身影
顺梯而下,转眼间就站到我跟前,
他相貌堂堂神采奕奕风度翩翩,
他的托加长袍迎着西风微微飘展,
他眼中依然闪烁着不安的激情,
就像当年站立在罗马元老院前
用他伟大的意志统治一国之民,
哦,凯撒,世界的第一个征服者。

朱庇特的雷电在他手掌中不断地
闪出光芒。他托加袍上的搭扣
是一颗最最晶莹的宝石,一颗
几乎比太阳还明亮的宝石,犹如
天国的露珠。我敬畏地把他注视了
片刻;然后他威严地指给我看
一座桥——一棵被雷电击倒的
横在小溪上的长满了青苔的古树,
并对我说:"离去!朱庇特派我来,
来用暴风雨和黑暗统治这个世界。"
接着他把手往上一挥,"看吧,看
我的力量,我的军团。征服依然是
这火热的心中的一种激情。快跟
这和平安宁的景象说声再见吧,
趁我还没从手掌中击出朱庇特的
雷电,用电火把这沉沉黑暗击穿,
趁我势不可挡的军队还没到达,
还没在风中传开恐怖并消灭光明。"
他说完这番话便从我眼前消失。
我突然听见了战车隆隆的车轮声。
战争已开始,因四周血流如注,
但血色不红,是一种更浅的颜色,
只有梦一般的银色月光才能倾泻。

1891 年

我们的营地
——在秋日的森林中

在密林深处一个荒凉的湖畔
　有一处我常去的神圣的地方,
那儿的树木都弯腰垂向水面,
　水面有泛着月光的涟漪荡漾,

顺着一条条长长的林荫通道
　一缕缕银色的月光清幽静谧,
夜晚的微风偷偷地穿过树梢,
　轻柔地叹息着久久不肯离去;

我经常在夜半时分来到这里
　望铁杉树梢掩映的一颗孤星,
直到湖水的歌声从远方涌来
　淹没湖边沙滩上的一片寂静。

承载着这段湖水送来的歌声
　我的心像海上一只没舵的船;
歌声被退潮的湖水留了下来,
　如今搁浅在这片沉睡的沙滩。

1891 年

诗 歌

清朗而且更冷
——波士顿公地①

当我沿小径穿过那片公地，
　　它在日光下格外清朗明净，
因风雨早已经卷走了树叶，
　　早已经卷走了夏日的浓荫。
雨后小径像刚刚刷过黑漆，
　　当时我正迈着轻快的步子——
我觉得是自己轻快的脚步
　　使这冬日城市的步伐开始。

当我沿小径穿过那片公地，
　　头顶上的天空苍白而萧瑟；
在一阵阵寒风的逼迫之下，
　　我看见有棵树剩一枝树叶，
其余树枝成了无叶的木棍，
　　当时我正迈着轻快的步子。
我觉得是自己轻快的脚步
　　使这冬日城市的步伐开始。

当我沿小径穿过那片公地，

---

① 波士顿市中心州议会大厦附近一绿地广场，是市民休闲娱乐之处，亦是旅游者观光的地方。

在空气清新的十月的早晨，
湿漉漉的长椅塞满了落叶，
　　休闲的人们全都没了踪影。
只有观光客陪我一道竞走，
　　当时我正迈着轻快的步子。
我觉得是自己轻快的脚步
　　使这冬日城市的步伐开始。

当我沿小径穿过那片公地，
　　我破天荒地有了这种感觉：
我喜欢这城市拥挤的冬日，
　　喜欢它会令人炫目的冬夜，
喜欢城市生活和寻欢作乐——
　　当时我正迈着轻快的步子。
我觉得是自己轻快的脚步
　　使这冬日城市的步伐开始。

1891 年

乌云酋长

（一段感恩节传奇）

当牧场上莎草的叶片下垂互相缠结，
当疲惫的小溪在寂静中躺卧于秋叶，
当秋风刮过的荒原发出一声声悲泣，
当落叶被秋风卷起旋转着飞过天宇，

在疾飞的阴云遮暗的荒凉的山坡上
干枯的玉米秆披着裹尸布般的月光,
颤巍巍像当年含恨离去的那个部落,
窸窣窣像是回来把他们的悲伤诉说。

这时那位旅行者走下不见顶的高山,
步入夜色中那片长满树的沼泽荒原,
看见那老迈瘦小的隐士在大橡树旁——
那位正被缭绕浓烟包围的乌云酋长,

他架好柴堆念过符咒然后盘腿而坐,
直到柴堆中圈周围闪耀朦胧的磷火;
旅行者整夜都听见那术士念的咒语
在悲风中与森林的呼啸混合在一起。

当火焰映亮溪谷,念咒声成了哭喊:
"来吧,带暴风雨来,来吧,黑暗!
请尽快把我的乌云带给冬天的呼吸。
我的族人都已死去,在我之前死去。

正如我统治过一个民族,这烟终将
升入云,云终将带来暴雨形成汪洋;
我听见他们的城市谢我的族人死去。
快来吧,黑暗,请快快带来暴风雨!"

他的哭喊声一直回荡到阴郁的黎明,
那旅行者回头看见了草地上的灰烬,

看见烟雾涌上山顶并被风向南刮走,
听见一声尖厉的回答出自冬天之口。

1891 年

别 离

致——

我曾梦想落日不要再升起。
我心已死,不再寻一轮盲目的太阳,
一轮在无路的空间疯狂旋转、在
被奴役的世界中随意穿行的太阳。
但在寂寞无言的内心深处
它挥之不去。晚霞消隐,西风
溜过群山和渐渐昏暗的天空,
太阳轨道收拢洒遍环宇的金光——
那无望的死者的不死的记忆。
悲伤的泪珠落下,我朝远方凝望
即将来临的风雨之夜和宁静之夜。
哦,悲伤,谁能说你有什么欢乐?
一个声音低语道:"地上听不见的
是天上的歌。"而黑暗悄悄逼近
怀着变成永恒之夜的深深渴望。

1891 年

沿着小溪

我离开草地滑往小溪,
　　加速吧,加速,我的冰橇,
　离去,离去,黑冰平卧,
在我滑行路线的两旁
　　是树木茂密的漆黑山岗——
　　　加速,加速,磨磨蹭蹭的冰橇。
冰原坍塌——远方一阵轰隆——
继续走吧,从黑暗到更深的黑暗——
　　　加速,加速,把黑暗甩到后边。
独行冰上,萧萧晚风
使冰变得越来越硬;我在
　　起伏的冰面上迂回行进。
在我从小溪拐入大河之前
　冰面又重新变得平滑,
　　当我疾行,麝鼠的击水声
从飞速后退的模糊的岸边传来,
　那儿有缕缕月光开始颤动。

回　返

月到中天,我已经精疲力尽。
远方小路似的小溪凄迷阴沉;
时间飞逝,我在冰雪上蹒跚而行;
当我行进时冰上有丛生的芦苇。

我走了很远，我已经很累——
被云遮住的月亮朦胧阴晦。

1891 年

叛　徒

那只波涛之上的海鸟，
　　洛娜①已死去。
科拉山上的黑色城堡
　　如今已成废墟。
为死去的洛娜哭泣吧，
她曾随君王出征北伐。

清晨洛娜骑马来城堡，
　　作为一名信使，
她带来了北伐的捷报，
　　带来胜利消息：
"他的进攻势不可挡，
夷平了叛逆者的城墙。"

科拉城堡的庆功欢宴
　　此时正值高潮，
独自放哨的卫兵看见
　　顺着城堡墙角

---

① 英国作家布莱克莫尔(1825—1900)的历史小说《洛娜·杜恩》(1869)一书中的女主人公。

密密麻麻的一溜长矛
　　迎着东方的朝霞闪耀。

　　从一个地下室的祭坛边——
　　　　夜露正往下滴——
　　传来洛娜被捂住的呼喊，
　　　　喊声转瞬即逝——
　　"祭司和受骗者会发现
　　我是为胜利而捐躯！"

　　那只波涛之上的海鸟，
　　　　洛娜早已死去。
　　科拉山上的黑色城堡
　　　　如今已成废墟。
　　她坟头饰有皇家的图案，
　　她在永恒的黑暗中长眠。

1892 年

毕业赞歌[①]

　　桤木林中有一个幽僻之处
　　总是伴着猫鸟[②]的叫声沉睡；
　　　林子下方有座长长的石桥，
　　石桥下是小溪静静的流水。

---

① 为劳伦斯中学 1892 年度毕业典礼而作。
② 一种北美鸣鸟，因会发出猫叫般的声音而得名。

有位梦幻者爱去林中徜徉，
并爱采集许多雪白的石子；
　　他爱把石子放在手中掂量，
揣测每块石子悦耳的声音。

　　当他把石子投进潺潺的小溪，
美丽的幻象会随着水声浮现；
　　当思想的石子搅动我们心里
的离情，未来也浮现在眼前。

1892 年

暮　光

我为何偏要接受你悲哀的注视，
哦，你这不知从何处射来的暮光？
我担心自己不再是我认为的自己！
我该变成另一个很优雅的人吗？
你这么忧伤，而我这般压抑？

在与世隔绝的高高的天空，
越过那轮漫不经心的月亮，
两只鸟会展翅飞向远方，
　　而且会很快消失。
（它们会飞离北方光秃秃的天空！）

远方那片收留夜晚的荒僻之地

醒来时会听见鸟儿惊恐的啼鸣。

凭着祈祷,广漠的寂静哟,
你的心和我的心会在天上飞过!
它们是没有记忆的意识,
　　既不高贵也不渺小!
你在这里,而我在每一个地方!

1894 年

消　夏

我要起身而去,去到一个梦中——①
不走很远,不走很远——然后
再次躺卧于那洒满阳光的草丛,
一觉睡到天黑或睡到再见日头。

昏昏然中我会又变得过分自信;
我会寻新的安慰而且很难满意——
在远方小岛般的树林边的草坪,
整个夏天都躺在绿茵茵的草里,

草坪四周须有茂密的森林环绕,
草坪必须安静,绿草必须幽深,
不然我就不可能不间断地睡觉!

---

① 参见叶芝《茵尼斯弗利岛》首行:"我要起身而去,去茵尼斯弗利岛……"

若北斗七星隐去我也睡不安稳!

> 1894 年

瀑　布

那是道草木葱茏的峭壁,
峭壁上长满了蕨类植物;
但没有鸟,一只也没有!
只有那飞流直下的瀑布。

有一条印第安人的小径
居然也拐向那美丽去处!
有个人曾经常去那地方,
那儿有蕨草和那道瀑布。

> 1894 年

一个没有历史意义的地方

啊,激情平息了,当我摊开四肢
怀着甜蜜的痛苦完全屈服于大地!
就在那栅栏内,在冷飕飕的草中,
在一株不结果的树的大片阴影中,
我突然入睡,然后快活地醒来。
当我恍恍惚惚地坐在那道斜坡上

用沾满草的手支着身子凝望之时，
那只孤独的歌鸫正在一棵幼树上
一边唱歌一边梳理它合拢的翅膀，
那只土生土长的蟋蟀在风中发颤音，
而每一位过路的人都盯着我打量。

1894 年

鸟儿经常这样

我睡了一整天。
  鸟儿经常这样，
它们只在傍晚
  才为我们歌唱。

为快点拥有你，
  所以我失去——
心满意足地
  失去了——一天。

生命如此短暂
  所以我不想要
不快活的白天；
  所以我情愿睡觉。

1896 年

夏日花园

我曾造了座花园,为了整个夏天
我所爱的雀鸟蜂蝶能留在我身边。
我相信它们没我也能愉快地生活,
但我怎么能没有它们和它们的歌?

我曾造了座花园,种我喜爱的花——
各种各样我希望能多多采摘的花。
花儿大多凋谢,在芳香的阵雨中
凋落于花坛,用其残红浸染煦风。

它不是我想象中的那样一座花园,
一座多年无人修剪的荒芜的花园——
在枝残叶疏盘根错节的老树之下
一片繁芜蓬茸的跟不上时尚的花,

但那些花却曾引来各种飞鸟鸣虫,
引来斑斓的蝴蝶和邻居家的蜜蜂,
引来那些不会在笼中唱歌的小鸟,
那一切令我满足,使我别无他求。

哦,我的花园哟,我美丽的花园!
我曾看见你花残叶落枝梗也枯干,

枫叶掠过光秃的花坛不知去何方。
我曾款待过的生命如今都在何方?

1896 年

凯撒丢失的运兵船①

一些船随着暴风消失在西方,
夕阳余晖只映出一条船的黑影;
但不列颠海岸的战斗倒为我俩
在多佛尔海滩留下个藏身的地方,
那晚有个声音整夜都在悲叹,
悲叹声绕着当年那座不安的营盘;
以致我俩也为那些漂散的船悲哀。
不会有信使从那些船上回来!
那些船各自颠簸着漂向天边,
甲板上早没了零乱的篷帆索具,
只是船舱里有颤抖的阵阵低语。
头顶上有海燕飞快地掠过。

1891 年—1897 年

---

① 公元前 55 年和公元前 54 年,凯撒曾两度远征不列颠,两次都有运兵船被暴风雨毁坏吹散。

希 腊[①]

他们说:"让这里不再有战争!"
　　当这句话还回响在人们耳边,
沿着滔滔地中海漫长的海滨
　　又传来拿起武器的声声召唤。

希腊不能让自己的荣誉受辱!
　　尽管和平近在眼前可以祈求,
但这经历过希波战争的民族
　　必须再进行一场漂亮的战斗。

希腊!昂起头颅去赢得胜利。
　　多年以前正是你向世人证明
弱小之师也能击败强兵劲旅,[②]
　　今天就请再一次把此理验证!

1897 年

[①] 1897 年,统治着克里特岛的奥斯曼帝国欲把该岛并入土耳其版图,引起希腊国内震动,从而导致了第一次希土战争。希腊战败,但克里特岛实际上却获得了独立,并于 1913 年归于希腊。
[②] 希波战争中的马拉松战役和萨拉米斯海战均是历史上以少胜多的著名战例。

警　告

你停止知道的日子终将来临，
　　心将停止告诉你；更糟的是
尽管你不住地说你曾知道的，
　　但你将忘记，但你将忘记。

对真实情况你将会毫无记忆，
　　心曾一度沉寂。你将会痛惜，
你将会哭喊：你已知道一切
　　但是却忘记，但是却忘记。

失去灵魂，这只能怪你自己！
　　恐怕很久以前我俩相遇那天
就已如此，你变了。我当时说
　　他将会忘记，他将会忘记。

1895 年—1897 年 9 月

上帝的花园

上帝造了座美丽的花园，
　　园中果木成荫百花盛开，
但有条笔直狭窄的小路
　　没有被可爱的花木覆盖。

他把人引进美丽的花园，
　　让他们在那园子里居住，
他对人说："我的孩子们，
　　我给予你们可爱的花木。
你们要为果树修藤剪枝，
　　你们要为花草浇水培土，
但要保持这条小路畅通，
　　你们的家就在路的尽头。"

可接着来了另一位主人，
　　这个主人并不喜欢人类，
他在小路上栽下黄金花
　　并引诱人去发现其妖媚。
人们看见那种金色的花
　　在阳光下闪出夺目光辉，
却不知它暗藏贪婪毒刺，
　　其毒会渗入血液和骨髓；
许多人为采花走得很远，
　　这时候生活的黑夜降临，
可他们仍然在追求金花，
　　迷惘，失落，孤苦伶仃。

哦，别再去看那种魔光，
　　它会弄瞎你愚蠢的眼睛，
请仰望上帝清朗的天空，
　　看天上那些闪烁的星星。
它们的光芒纯净而柔和，
　　它们不会使你误入歧途

而只会帮助你迷途知返,
　　又回到那条狭窄的小路。
当阳光普照大地的时候,
　　请照料好上帝赐的花木,
并让那条小路保持畅通,
　　它将引你去往天国乐土。

1898 年

卡尔·伯勒尔①之歌

千真万确,曾有个年轻家伙,
他一无所有,但却希望拥有——
　　上帝才知道他想有什么,
可他渎神的话说得太多,
这说明他的脑袋瓜完全出错。

曾有一个年轻人来自佛蒙特,
他竟投票支持布莱恩和万特
　　而且疯狂地为之辩护,
　　不过他已经幡然悔悟,
所以对他和佛蒙特别太刻薄。

曾有个年轻诗人可真是荒唐,
每当他一出神就想制作木箱;

---

① 参见本书上卷《谋求私利的人》相应注释(第 116 页)。

有一天他做了一个，
　　　　可是等他干完那活,
　　　他已把自己钉在了木箱里面。

　　　有个人曾经以为可以去招惹
　　　沉默但有人情味的农家老伯；
　　　　如今他真希望当时懂得
　　　　千万别去招惹那些家伙，
　　　因为这就是因果报应之学说。

　　　曾经有个倒霉透顶的年轻人，
　　　他遇上了别人遇不上的命运
　　　　有天他动身出门，
　　　　以他通常的方式，
　　　但却被一棵日珠草活活吞噬。①

　　　　　　　　　　　　1898 年

"我置身于树林中时"

　　　我置身于树林中时
　　　能完全放松的原因
　　　是因为树木残酷的竞争
　　　远远低于我的社会地位，
　　　我无须介入它们的争斗

---

① 日珠草,一种茅膏菜属植物,开白色、黄色或粉红色花,其半月形叶片受到刺激时可在半秒钟内闭合,能捕捉小虫,并在十日内将其消化作为养料。

或被迫适应自己并害怕去爱。

约十九世纪九十年代

晚　歌

夜露降下之时
可有晚风吹过？
有人已经离去，
那些星已坠落；
告别夕阳余晖，
进入茫茫暮色，
有人已经离去，
那些星已坠落。

约十九世纪九十年代

绝　望

一切结束后我会像淹死的潜水者，
仍然紧紧被缠于水草编织的罗网，
冥冥黑暗中他的肢体会开始发亮，
搅浑的水沉底时他的尸体会倾斜。
曾有过那么一个徒然呼喊的时刻，
他一边呛水一边喊："哦，上帝哟，
放我走吧！"因为那时候他不可能

像在岸上温暖的阳光下那么清醒。

在这个地方我像个淹死的潜水者。
我曾在一个令人绝望的地方生活,
我求助的一个人几乎也是求助者。
我曾竭尽全力挣扎而且我曾窒息。
我急促地挣扎也许曾从空中拽下
某朵百合花,但现在只有鱼可拽。

约十九世纪九十年代

老 年 人

我年迈的叔叔又高又瘦。
当他午餐后小憩醒来
开始起身的时候,
我心里总会想到
他也许还会午餐后小憩
但这或许是最后一次。
他总是先让一条腿
从沙发上滑到地板上,
但他依然躺在那儿
透过天花板仰望上帝。
接下来他朝外侧身
在沙发上挪成坐姿,
最后双脚着地。
在此之前我总会移开目光。

有一次我真诚地问:
"叔叔,这是怎么回事?——
痛苦,或仅仅是衰弱?
对此我们可有什么法子?"
他说:"这是明显的 Gravity。"
"你的意思是说 grave?"
"不,孩子,还没糟到那地步,
但这是正在来临的 Grave。"
于是我明白了当他说 Gravity,
他的意思并不是指严重。①
老年人也许不会活蹦乱跳,
但这未必就非常严重。

1903 年

冬　夜

啊,你这座树林边的小屋,
你那两扇黑咕隆咚的窗户,
连同你屋檐上的一溜冰锥,
有月光照拂,有月光照拂。

你屋顶上堆成圆丘的积雪,
你墙周围堆得厚厚的积雪,
最好不要见到正午的阳光,

---

① 在英语中,Gravity 既可指"严重性",又可指"地心引力";grave 也有多种意思,做形容词时可指"严重的",做名词时则可指坟墓、死亡等等。

月光会照拂,月光会照拂。

1905 年

反正爱都一样

如果我能忘掉你,我就会忘记
(反正爱都一样)站下来凝视,
忘记有时候沿弯弯的小路下山,
忘记说:大地哟,你多么美丽!
我就会忘记忘掉那隐隐的忧虑。

如果我能忘掉你,我就会忘记
(反正爱都一样)青春的虚荣
竟然没有减少那么一点点真实,
忘记被徒然指望或给予的东西。
我就会忘记忘掉我曾经得到的。

如果我能忘掉你,哦,亲爱的,
(反正爱都一样)我就会忘记
我俩也许像看一颗朦胧的星星
那样看过那注定得不到的东西。
我就会忘记忘掉我已一败涂地。

1905 年

仲夏时节的鸟

如果真有什么能比鸟儿们
最安静的翅膀更为安静,
那就是当它们因专心远望
而从该死的枝头跌下之时
发出的那种尖叫的声音。

如果真有什么能比鸟儿们
寂静无声的飞翔更为安全,
那就是那风吹雨打的鸟巢,
那高悬树上、无人能探其
黑洞洞的窝底的小小鸟巢。

整个白天,在它们蓝色的翅翼
不时停歇的温暖的原野上,
那些为它们提供果实的树,
那些为它们提供种子的草,
全都和它们一样从不静止。

1905 年

工厂城

那是一条小溪旁一座阴郁的城市,

在我看来它的居民都显得很忧伤——
我没法了解他们的生活会怎么样——
在弧光灯怪异的蓝幽幽的光线中
他们清晨的早出看上去像一个梦,
天黑晚归时一个个则都像落汤鸡,
穿着湿透的工装从河边各家工厂
匆匆朝上游那轮船的尖叫声走去。

然而我认为他们怀有和我一样的
希望(仅此一个)。当那些更快活
的人因担心被怀疑而退缩的时候,
我应该走出去,迎着他们的人流,
去弄清拥挤在街头的他们被迫用
足音而非嗓音表达的是什么思想。

1905 年

鸟儿会喜欢什么

当我沿向上的山路
慢悠悠信步回家,
一只小鸟一阵啼鸣,
仿佛是请求我停下。

我停下脚步转过身子,
而要是我当时不转身,
我就不会看见西天

像火一样燃烧的彩云。

所以当我重新上路后
又听见它放声啼鸣，
我出于对它的敬重
又满怀着希望转身。

晚霞！——而在山下，
在黑沉沉的山谷里，
一点火星般的灯光，
一切都显得平淡无奇。

要不是它不肯闭嘴，
而是一遍一遍地呼唤，
那我肯定早已离去，
因晚霞早已经消散。

我把它留在荒野
去采集天上的星星，
我不知我能否知道
鸟儿会喜欢什么。

1905 年

当机器开动

当机器又在头顶上缓缓地启动，

当皮带和轮轴又开始吱嘎作声，
当人们说话的声音又渐渐消失，
当脚步又在光滑的地板上穿行，
当蒙尘的球形灯使一切变苍白，
当人人脸上都感到转轮的呼吸，
这时肉体不想动，灵魂也虚弱，
所有的努力都好像是来自死人。

但工作绝不会等待工作的心境，
因为钢铁奏出的音乐就是法令；
所以那无数纺锤发出的嗡嗡声
就像消耗吐出白线的线筒一样
也在冷酷无情地消耗人的灵魂，
那还没有消除昨日痛苦的灵魂。

1906 年

晚期的吟游诗人①

可记得那年秋日的一天，
　被秋日金色浸染的一天，
你曾渴望一曲甜美的歌，
　曾把往昔吟游诗人怀念。

也许命运女神经常送来

---

① 为纪念朗费罗（1807—1882）诞辰一百周年而作。

同样被秋色浸染的一天，
傍晚时常有人启开歌喉，
　　他的歌常拨动你的心弦。

你知道世上不曾有诗人
　　像他那样漫游茫茫人世——
他唱过青春悠长的遐想，
　　他唱过《大海的秘密》①。

你不知道他何时会再来，
　　但是当遇到他姗姗来迟，
你曾经委屈过你的智慧，
　　曾为已逝去的时光悲泣。

诗有它自己的时令季节，
　　你没法找到它来的途径，
但它越来越充满这世界，
　　而且屡屡把疑惑战胜。

1907 年

失去的信念

我们会祀奉我们的父辈，当他们的
战争随着英雄们的老死而变得遥远，

---

① 朗费罗的一首诗，收在其诗集《海边和炉边》(1849)中。

我们会年复一年地为他们献上鲜花；
他们得到的花将超过他们的需要！
但说到对他们来说那么高尚的事业，
如今在什么地方有人能正确地说出
那事业是什么？如同他们躺在坟墓，
他们的事业也在我们的心中死去。
对战士们牺牲时仍在憧憬的那个梦，
我们就没有鲜花可献，哀歌可唱？

上帝庇护之下的一个平等的民族，
这不说是一种爱的法则也是一个梦！
但它却沦落成一个易受嘲弄的字眼，
请看它是否已消失！是否已破灭！
以我们的现代智慧，谁会那么无知，
竟然不知道
黑暗的人生最适合做那种黎明之梦，
哪个孩子不熟知那些字面上的苦难？
加利福尼亚人就在西海岸边快活，
他们在加利福尼亚湾岸边欢笑，
他们说："既然上帝让人有良莠之分，①
那天下人怎么能生来就自由平等？"
他们嘲笑说，在我们怯懦的心中
不可能有什么明确的答案，
而那个公然蔑视他们权威的梦
终将破灭在它最初冒出来的地方。

---

① 原文为"when God made them wheat and chaff"（既然上帝把人分为麦粒和秕糠），典出《新约·马太福音》第 3 章第 12 节。

愚钝的民众会觉得这真是太奇怪：
那种信念竟能成为战士们的裹尸布，
比他们骄傲的军旗更荣耀的裹尸布。
但人们对那些战士是多么不公平！
因为只承认他们勇敢还远远不够，
只认为他们坚强也远远不够，
他们不是为自己——他们更渴望
人们赞颂他们英勇战斗的意义，
他们曾为之献出了青春和生命。

正是那个梦唤醒了北方的他们，
正是那个梦引年轻的战士们前进，
引他们安营扎寨，与敌人对垒，
在许许多多的战场上进行战斗；
它是他们的剑，它是他们的盾，
它是像小号般鸣响的良心的呼声；
它曾显得像一个强烈而永恒的梦
(尽管它注定会衰弱并且短命)。

如同送他们踏上那条征途一样，
那个梦也曾把力量赋予"爱情"，
使之能勇敢地留在遥远的山村——
正是它抚慰了无数火炉边的心灵！

啊，对于一个尚未得到拯救的世界，
这样一个梦不可能永远失去价值。
我不能让它在世人心中完全消失。
它必须快快回来，不能太迟——

它也许会浸染鲜血,伴着军笛战鼓,
但我不会在意,只要它回来!
虽说它非常美丽,非常仁慈,
但为了它的事业也可以非常可怕,
就像它当年席卷莫尔文山时那样,①
就像它蹲伏在葛底斯堡不高的高地
在死寂中等待发起进攻的那样,
当时敌人正尖叫着迎面扑来。
那场拉锯战之后世人才了解了我们!
才持有了曾在我们心中涌动的思想!
我不知道尘世的死亡怎么会差点儿
触到一个如此永恒的梦,我们就
这样把它忘记;我们曾看见它消失,
不是在睡觉的时候,而是在我们
过分追求不美丽不光彩的东西之时。

但它消失时显得很美,就像寂静的
白昼消失在星星后面朦胧的金光中,
或是像在感觉不到有微风的清晨
水面上的薄雾被晨光渐渐驱散;
它与事实相比较显得更为真实,
比被岁月夺去的青春的希望更真实;
比不眠的心灵从无垠的空间找回的
任何东西都更为真实,然而它必须
攀星光去遥远的恒星上居住一阵——

---

① 1862年7月1日,在里士满附近进行的"七日战役"的最后一段中,南部联盟的罗伯特·李将军在弗吉尼亚的莫尔文山对正在撤退的北方军波托马克兵团发动进攻。这次进攻被北军密集的炮火击退,南部联军伤亡逾5000人。

如果它肯定已去,也去得那么真实。

1907 年

家　史

那是我祖父的祖父的曾祖父的
曾祖父,我想要说的大概就是他——
对这种事一个人不可能太精确。
传说他是被人吊死的。但要是我
发过誓要去缅因州的埃利奥特镇,
去参拜一块大圆石下他长眠的地方,
我也不是因为悲伤而是出于自豪,
若这么多年后去参拜需要原因的话。
一年一度,从他众多的后代子孙中
挑出的一些人会聚集在餐桌旁
庄重地回顾那段历史,回顾他当时
要清除一族印第安人的雄心壮志,
如同在那些挥霍无度的岁月,人们
用火清除森林从而获得耕地一样。
现在看来,当时显然没人教过他
要特别注意采用文明人的战争法则。
他曾抓紧宝贵的时间千方百计地
寻找那些他能声称属于自己的手段,
愚蠢地采用任何能到手的非法计谋。
在谋杀或别的任何方面,我不能
声称我那位祖先是一位艺术家,

我也不能说他的任何一个子孙
就没从别处输入一点更热的血液。
如果有必要区分政治家和艺术家,
我得说前者相信为目的可不择手段,
而后者认为好的手段才有好的结果。
我唱的这个少校(这是他的军衔)
是一个彻头彻尾的营私舞弊者,
他认为目的手段可互相证明其正确。
他知道印第安人往往几天不吃东西,
所以他们常常处于一种饥饿状态。
于是他邀请他们到一家烤肉餐馆
(但愿在这点上没有弄错年代),
趁他们就餐时突然对他们进行屠杀,
没被杀死的也被他绑去卖做奴隶,
其中包括菲利普王①的那个儿子。
然后他心满意足地庆贺那天的胜利,
而且肯定为那个地方命了个什么名。
他这番辉煌成就的唯一美中不足
就是该部落有些男人竟死里逃生,
不管是落荒而逃,还是悄悄溜走;
我觉得这群令人尴尬的漏网之鱼
竟比那些被杀死的人更为沉重地
一直压迫着我多少有点世故的良心,
因为此心出于同情竟持有一种谬见,
认为野蛮人也有人类的共同感情。
能吃会睡的少校平静地忘了他们。

---

① 万帕诺亚格人的酋长梅塔科米特被英国人称为"菲利普王",他死于"菲利普王战争"(1675—1676)的最后一役,其后他的妻子和年幼的儿子被作为奴隶送往了西印度群岛。

但作为一名军人他再次名不副实。
因为一个礼拜日当他从教堂回家,
他们在路上对他进行了一场伏击,
用他曾用过的残忍方式把他杀死,
并把他丢在野外等家人去收尸。
他的儿子们替他挖了个体面的坟墓,
庄重而及时地让他得到了安息。
但那些红种人不敢肯定他们的复仇
是否已做到完全彻底,一劳永逸,
于是又回来把他挖出吊在了树上。
所以人们传说他是被吊死的。
他不倦的子孙让他从树上重新入土,
这次为保证他不再受进一步的打扰,
他们在邻居的帮助下像埋蜜蜂那样
推来了一块大圆石压在他的坟头,
那下陷的圆石几个壮汉也没法撼动。
作为我们许多人的祖先,他就这样
在荣耀中长眠,而我想他可以解释
我为何一直都喜欢印第安人的原因。

1908 年

客厅笑话①

我不讲你也许就不会听说

---

① 此诗曾随一封落款日期为 1920 年 3 月 21 日的信一并寄给路易斯·昂特迈耶,当时附有说明:"弗罗斯特写于 1910 年。"

少数人是怎样为了赚钱
在本来不该有城市的地方
建起了一座现代化的城市,
然后他们又策划让城里
挤满了可怜的芸芸众生。

他们曾利用过埃利斯岛①。
他们只是轻轻抬了抬手
便让滔滔洪水般的人流
涌入了那个陆地水池。
他们干这事没费吹灰之力,
脸上挂着很克制的微笑。

如果你请他们谈谈看法,
他们会说这活干得漂亮,
因为他们是放滔滔河水
来灌满水闸后的水池;
只是他们当时放的是水,
而今天蓄的却是人血。

然后那少数人井然有序地
撤退到了山上的别墅,
躺在逍遥椅中朝下俯瞰,
看那不安的城市拥挤不堪。
他们还厚颜无耻地说:
"那即使不好,至少也不糟。"

---

① 纽约市曼哈顿岛西南方一小岛,曾是美国移民入境的主要检查站。

但考虑到他们的妻子儿女,
他们也并非任何风险都冒。
于是他们用各种盆栽植物
替他们的窗户加了道屏障,
而且他们不知从何处弄来
一种风度和眼神武装了自己。

你知道沼泽地的泥炭藓
可以从堆积的浮渣开始
逐渐向上蔓延爬到山腰,①
穷人也这样开始蔓延,
从窄街陋巷和贫民窟
渐渐爬上郊外的山腰。

当穷人的小屋爬近时,
怀着滑稽可笑的自怜
富人们高兴地采取了
一种阴郁的嘲笑态度,
因为穷人不屈不挠地
想要得到全部的空间。

要不是有人透过发臭的
蒸气烟雾看见了一个幻象,
那这事本可以终止于
一个拙劣的客厅笑话,
客厅里温文尔雅的绅士

---

① 泥炭藓又称水藓,丛生于沼泽和湖泊,其下部逐渐死亡时上部会继续生长,死去的藓渣变成泥炭逐年堆积,使上部活体逐渐向高处蔓延。

受到了一次温和的惩罚。

从有汗味呼吸味的雾气中
有人看见在那座怨声载道的
黑暗的城市的上方
显现出了一个模糊的身影,
一个绝不会畏缩不前的、
敢于去撞击苍穹的身影。

他们能透过窗帘看见它,
他们能透过墙壁看见它,
一个飘忽不定的存在,
在风中在雨中在一切之中,
像一个披巾包裹的稻草人
在空中挥舞着他的双臂。

有人还觉得听见了它,
当时它似乎想开口说话,
但却未能成声成调,
只有一点空洞的鸣响
很微弱地回荡在天顶,
像傍晚时分鹰的啼鸣。

它凹陷的胸腔充满了
关于未来的事情,
关于将要发生的叛乱,
关于染红羊毛的鲜血,
以及你怎样颠覆这世界,

只要你知道毁哪根支柱。

对这种能凭借祈求
神灵来降低劳工价格
从而诱导一个民族之命运的
智慧,有什么可说呢!
如果说它是今天的麻烦,
有些人并不在意有麻烦。

1910 年

我的礼物①

比起饥寒交迫者一定都熟悉的那种
　　凄苦的夜晚,
我不会要求更快乐的圣诞之夜。
我能给予的就是用我的心灵去分担
他们深深的痛苦——所以没人想要。
我不愿用小恩小惠去收买他们
并不与我的欢乐交往的痛苦,
因为那只会欺骗本属于他们的悲伤。
我将坐在这儿,坐在熄灭的火炉旁
低声吟唱一首首被欢乐抛弃的歌,
独自一人,同干渴的人一起干渴,

---

① 以下七首诗(从本首到《冬天的风》)曾包括在弗罗斯特亲手装订的一个小册子里,诗人将该小册子作为1911年圣诞礼物寄给了《独立》杂志社文学编辑苏珊·海斯·沃德。另参见本书下卷《作者年表》1911年条。

同那些饥肠辘辘的人一起挨饿。
在这种夜晚风暴对我不可能太粗野。
若这就是人间痛苦,就让它是痛苦!
难道我是个不愿面对痛苦的孩子?
  在这种夜晚
我能凭什么去要求他们快乐?
  我的权力?
  不,在这种夜晚
是他们有权利要我和他们一道悲伤。

1911 年

卖农场有感①

唉,就顺其自然吧,
让它们属于那个陌生人。
实际上我乐意放弃
牧场、果园和草地,
而且我希望他能从中
获得我徒然期望过的一切。
我甚至会把农舍、谷仓
和牲口棚给他,连同
其归属尚有争议的老鼠。
我会设法不再爱它们。
既然我别无他法?那好吧!

---

① 写于诗人卖掉他位于新罕布什尔州德里镇的农场之时。

只是这点得先说清楚,
如果在我鬓发灰白之年,
我于某个春天回到这里
来追寻一段痛苦的回忆,
那可不应算是非法侵入。

1911 年

银柳抽芽的时节

每一个脚印都成了一汪水池,
每一道车辙都成了一条小溪,
但轻松的春心对此并不在意;
泥泞时节是银柳抽芽的时节,
这时温情的蓝背鸟开始鸣啭,
人们开始想到将开的紫罗兰。

1911 年

寻找字眼

什么?应该有单个字眼来表示
壁炉边灰姑娘的那两只水晶鞋,
表示猎人从空中打下的两只鸟,
表示偶然连在一起的两个元音,

表示白天鹅母亲勒达分娩之时①
那两个碰巧来为她祝福的神灵,
表示两个懂得甘苦、理解聚散、
终生互相恩爱的最美丽的灵魂?

但难道就不该有个单词来形容
我在这个四月的夜晚透过秃枝
所看到的两者完全合二为一的
景象:金星和月亮,水珠和气泡,
同时高悬于赤经十五度的一点,
在那遮住太阳的黑沉沉的山上。

1911 年

雨　浴

你可记得曾有一天在林中小屋
我们几个小男孩儿欢呼着醒来
听见骤起的狂风在森林里冲撞,
还用树枝不断拍打我们的屋顶?
随着一阵震动某块云突然坍塌。
洪水从天而降带来欢乐的恐惧。
水从开着的窗户溅到我们床前,
使躺着的我们一个个站了起来。

---

① "勒达与天鹅"的故事有多种版本,除对勒达所生之蛋孵出的儿女各说不一之外,有一说讲勒达为摆脱宙斯追逐而化为母天鹅,宙斯则变成雄天鹅与她亲近。

我们为此大笑。我们敞开房门,
然后等到急剧变化的天空再次
随着不可控制的洪流变得漆黑,
然后,当打落树叶的瓢泼大雨
沿台阶和小径撞成水雾的时候,
我们光着膀子冲出去享受晨浴。

1911 年

新　愁

在两人曾散步的地方,如今只有
一人独自漫游,像个圣洁的修女,
沿着夏日树荫遮掩的卵石小路,
小路慢慢地把像在梦游的她
引向那个开满了百合花的水池
和荡漾的池水。

未被风吹散的薄雾慢慢向她飘来,
飘过一个五彩缤纷的地带,
怀着蒙蒙的关切拥抱了她一会儿,
雾也许对她说过话,
也许问过她关于爱的回归。
她没有任何表示。

薄雾飘散时她也没有任何表示。
唉,爱在破碎的心中也许不会死去,

它会同盲目的信念做无言的斗争，
我们总盲目地相信自己所珍爱的
不可能完全变成悲愁
或完全消失。

1911 年

冬天的风

在今夜十二点时分，
当房屋都黑咕隆咚，
谁还在路上飞跑？
听，是冬天的风！

头顶上明月皎洁，
脚底下大地坚硬；
寒风卷起一些雪花，
雪花夹杂些许灰尘。

风使得枫树呼号，
风使得枯花呻吟，
在这样的一个冬夜，
风顺着大路疾行。

寒风侵凌这尘世，
即便在安全的屋里，

人们也得抱紧睡眠,
以免老是被惊醒。

1911 年

在英格兰

今天我独自在雨中
坐在路边的栅门顶上,
一只鸟无声地飞近,
湿漉漉冷飕飕的风
从我身后的山上不断吹来。

我没法对雨对门对鸟对山
讲什么在我心中涌动,
直到吹直头发浸润眉毛的
湿漉漉的风变得更清爽,
从山上吹过来把我提醒。

鸟是爱追逐船只的海鸟,
雨是尝起来有咸味的海水,
山是一排排涌来的海浪,
而我勇敢地坐于其顶上的
栅门,是一艘巨轮的栏杆。

因为那风是英格兰的风——
永远清爽的湿漉漉的海风,

英格兰人在山毛榉树林
和紫云英草地过的乡村生活
离航行从来都不遥远。

1912 年

充分缓解

那么我们是否能希望圣诞节
尽可能地多,尽可能地快乐,
并让痛苦忧伤受到限制?
不,但愿我们用来问候的圣诞卡
带给全世界一个快乐的圣诞节。
至于说花钱也买不到的快乐——
请记住两个流落在街头的孩子——
记住许多父亲出去参加罢工,
许多次徒然罢工中最徒然的一次,
而且他们心里知道早已经失败。
但那两个孩子在街边停下来
看一扇橱窗里的圣诞节玩具,
想象自己在玩所选中的东西。
当时我曾在他俩跟前弯下腰
问他们看见了什么最喜欢的,
一个孩子从嘴里抽出他的手指
机密而着迷地指着橱窗说"那个"!
一列非常可爱的玩具小火车
凝固在他面对的那个橱窗里。

除他之外它还会使谁快活呢——
他身旁的他哥哥,也许还有我?
请想想与我们仨对比的全世界吧!
可我们干吗非得像贫穷的父亲们
总是那么激进那么严厉呢?
还没有哪个国家从法规或药物中
找到一种根治痛苦的妙方。
恰好就是在这座城市的大街上
我曾听见一位基克普族①医生
就着火炬光从一辆马车上宣称:
任何药物能起到的最好作用
就是充分地缓解你的痛苦。

1912 年

以同样的牺牲

从前道格拉斯②就这样做过:
他离开自己的祖国,因为他
奉命用一个有金盖的金匣子
把国王罗伯特·布鲁斯的心

---

① 北美印第安人之一族,现住在俄克拉何马州和堪萨斯州的印第安人居住地。
② 指苏格兰贵族詹姆斯·道格拉斯(1286—1330),他曾跟随罗伯特·布鲁斯(1274—1329)抗击英格兰,使苏格兰获得独立;布鲁斯国王(即罗伯特一世,在位期1306—1329)死后,他遵其遗诏将其心脏送往圣地巴勒斯坦,但途经西班牙时在与摩尔人的战斗中牺牲。

送往基督教的圣地巴勒斯坦；
由此我们看到而且明白，
按照忠诚和爱的命令，
那就是要送一颗心去的地方，

那颗心是装在一个金匣子里。
道格拉斯一行越过千山万水，
来到了西班牙那片土地，
那里一直在进行一场圣战

反抗那些屡战屡胜的摩尔人①；
道格拉斯的勇气使他不能忍受
在确保完成他的使命之前
不为上帝进行一场战斗。

当时他心里是这样想的：
一个人应该为上帝而战，
哪怕他负责护送先王的心脏，
尽管他应该率队伍前往圣地。

但当与敌人在战场相遇之时，
道格拉斯发现他陷入了包围，
他率领的那一小队人马
只够为杀开血路再冲锋一次——

---

① 北非阿拉伯人与柏柏人的混血后代，公元八世纪进入西班牙并对其进行统治；因他们信伊斯兰教，故反抗他们的基督徒称他们为异教徒，并称反抗他们的战争为圣战。

看来要扭转败局已是徒然，
正如他的性命也难保平安——
只剩下一件非凡的事可做，
只剩下一句响亮的话要喊。

他挥动用金链系住的那颗心
并向前用力将它抛到平原，
然后边冲边喊"心或死亡"！
他情愿为了那颗心而战死。

今天有这么多人为正当权利
鼓起勇气进行无望的战斗，
正当权利越多他就会越高兴；
因那柄愤怒的剑最后的挥舞

如今有这么多人力量倍增，
他们非常瞧不起有人不想
付出他曾付出过的同样的牺牲，
不想要他曾送往圣地的那颗心。

初稿于十九世纪八十年代
定稿于 1913 年

讨 玫 瑰

一座好像没有男女主人的房子，
　关闭它房门的似乎从来都是风，

它地板上撒满了泥灰和碎玻璃；
  它坐落在一个旧式玫瑰花园中。

黄昏时分我和玛丽打那儿经过，
  我说："我真想知道这屋的主人。"
"你不会认识的，"玛丽信口说，
  "但我们想要玫瑰就得去问问。"

我俩一定要拉着手一起转身，
  当时寒露正降下，树林已沉睡，
我俩冒失地走向那扇开着的门，
  像两个乞丐砰砰敲门要讨玫瑰。

"不知名的女主人，你在家吗？"
  玛丽直截了当地把来意说明白，
"请问你在吗？打起精神来呀！
  夏天又至，有两人为玫瑰而来。"

"回想一下那位诗人说的话吧——
  每个少女都知道赫里克的忠言：
鲜花若不被采摘只会变成枯花，
  玫瑰当采而不采只会终身遗憾。"①

我们俩没有松开拉在一起的手
  （也不十分在意她会怎样认为），

---

① 参阅英国诗人罗伯特·赫里克（1591—1674）的《给少女的忠告》，该诗首行为："玫瑰堪折莫迟疑……"

当风韵犹存的她来到我们跟前，
　　无言但却慷慨地给予我们玫瑰。

1913 年

死者的遗物

两个小小的精灵
　　在一个静静的夏日
来到了一座树林，
　　在野花丛中嬉戏。

他俩采摘野花，
　　然后又把花扔掉，
因为他们发现
　　还有其他的花草。

顺着野花导引
　　他俩一路前行，
直到碰上样东西，
　　看形状像是死人。

那人倒下的时候
　　想必是在冬天，
当时雪铺的卧床
　　肯定羽毛般松软。

但积雪早已消融，
　　那是在很久以前，
那人留下的尸体
　　几乎也随雪消散。

小精灵凑上前去
　　非常敏锐地发现
一枚戒指在他手上，
　　一根表链在他身边。

他俩在落叶中跪下
　　开始好奇地玩耍
那些闪亮的东西，
　　而且一点儿不害怕。

当他们后来回家
　　躲进他们的洞中，
他们把东西带回
　　留待第二天玩用。

若你遇见过死人，
　　你是不是被花引去，
就像林中的精灵？
　　我记得我曾经就是。

但是我觉得死亡
　　总令人悲伤恐怖，

而且我过去现在
　　都讨厌死者的遗物。

　　　　　　　　　　　1913 年

诗人乃天生而非造就

我被人排挤掉了，
因为我的文学之父①
（我父亲请听清楚）
已经被引到了另一个诗人的床上，
而我这时还不到九个月。
这次是对双胞胎②
而且他俩奇妙地以夫妻身份降生于
　　这个世界。
（别费神去想象这是怎么回事。）
他们已写出了他们的第一批自由诗
而且在二十四小时内就将其卖出。
我的文学之父就是那个有钱的美国
　　买家——
天下无人能跟他较劲儿喊价。
那些诗的优点就在于新的传统手法，
它明确地把一种感情置于腹内，
而非很科学地笼统置于五脏六腑中，

---

① 指埃兹拉·庞德。
② 影射希尔达·杜利特尔和她丈夫理查德·奥尔丁顿，庞德曾出版过他俩写的意象诗。

亦非像维多利亚时代中期那样将其
　　　置于心中。
它表达出一种欲望：要像惊恐的
野兽龇牙咧嘴那样龇牙咧嘴，
　　　为什么呢？
因为如此天造地设的双胞胎肯定
　　　可以卖掉他们写出的任何东西。

　　　　　　　　　　　　1913 年

"我是个米提亚人和波斯人"[①]

在接受为我制定的清规戒律方面
我是个米提亚人和波斯人
当你[②]说我不会读书
当你说我显得老迈
当你说我头脑很迟钝
我知道你只是想说
你会读书
你看上去很年轻
你的头脑反应敏锐
但我按字面意思理解你的话

---

① 米提亚人(Mede,又译玛代人),古代亚洲西部(今伊朗西北部)一民族,与波斯人有血缘关系,公元前550年后逐渐与波斯人融为一体。《旧约·但以理书》第6章第8节和第12节都言及"米提亚人和波斯人的法规不容更改"。
② 指埃兹拉·庞德。1913年1月,旅居英国的弗罗斯特经英国诗人弗·斯·弗林特(1885—1960)介绍与庞德结识。

我把你的话当作一道教皇通谕①
这并不要紧
它们充其量是副良药
我到别处安身立命

我并没要求你收回那些话
我曾非常乐意听你说的任何话
只要我能被允许抱有幻想
幻想你喜欢我的诗
而且是由于正当的原因。

你评论过我的诗②
可我没有把握——
我担心那评论是非艺术的。
我决定我不能用它来感动我的朋友
更不用说我的敌人。
但鉴于那是赞扬,所以我很感激
因为我的确喜欢受赞扬

但我觉得你在赞扬我时
你更为关心的不是我的优点
而是你自己的权威
你随心所欲地赞扬我
并为此居功
以此证明你可以把任何东西强加于

---

① 罗马教皇向世界各地的天主教会颁布的公开文件。
② 庞德曾在《诗歌》杂志(1913年5月号)上评论过《少年的心愿》。

这个世界
　　只要那东西不过分拙劣
　　并求你的意旨担保

　　至此我们就要说到我想要你什么
　　　我不想要钱，不想要你替
　　　那两个美国主编①
　　　支付给你的宠信们的那种钱。
　　　　　　　　　　我不要钱。
　　我唯一要求的是你应该坚信一点
　　即你曾认为我是个诗人。
　　这就是我依附你的原因
　　　就像一个人依附一群虚伪的朋友
　　　因为他害怕自己刚一离去
　　　他们就会改变主意与他为敌。
　　实情是我过去怕你。

　　　　　　　　　　　　1913 年

花 引 路

　　当我从一簇花去另一簇花时
　　（我已告诉过你是怎么回事）
　　我已告诉过你我所发现的

---

① 分别指当时的文学评论杂志《时髦人物》主编亨利·路易斯·门肯（1880—1956）和《诗刊》主编哈丽雅特·门罗（1860—1936）。

躺在地上的死人不会成长。
现在请看着我。

要是你不愿发现你自己
在一个不幸的时刻
在一条要命的路上走得太远
那就请你把双手背在身后
千万不要采花。

1912年—1915年

"没有任何空话绝对空泛"

没有任何空话绝对空泛
以致不能证明听起来讨厌
除非它听上去有点古怪
而且纯粹是跟你闹着玩儿。

1913年—1914年

致斯塔克·扬①

亲爱的斯塔克·扬：

冬天已经战胜了夏天，
已经动摇了夏天的王国。
他已来到了她的森林都城，
但是却发现城门开着。

他没有遇到任何抵抗，
夏天早已离开她的风塔，
离开之前赶走了她的鸟
而且掩藏了她所有的花。

他早已经用一阵秋风
把她的城堡变成荒漠，
荒漠上黑如煤炭的乌鸦
在乌云阴霾中升降起落。

因此他已教训了她的骄傲，
已惩罚了一种极大的罪行。
而且他已经定好了日子
要将白盐撒遍她的荒城。

你忠实的弗罗斯特
10月于弗朗科尼亚
1916年

---

① 斯塔克·扬（1881—1963），美国小说家、剧作家及戏剧评论家。

诗 歌

有感于在此时谈论和平①

法兰西哟,我不知我心中的感受。
不过愿上帝不要让我比你更勇敢,
因你正在一个敞开的坟墓中战斗,
我却在一个宁静的地方袖手旁观。
最勇敢者哟,比起你的自我要求
我不会要你做更多。但能更少么?
你知道你所承担的使命有多重要,
知道你是否还能忍受其血流成河。
我不会说你就不应该考虑到和平。
我不会说,因为我知道你的痛苦。
但是我不相信你会停止被人侵凌,
我也不可能请求你停止被人杀戮,
直到也许早已被扭曲的所有一切
变得对我们安全而且邪恶被消灭。

1916 年

一粒幸运的橡树籽

数以百万计的种子

---

① 1916 年是第一次世界大战最残酷的一年,共导致 190 万人伤亡的凡尔登战役和索姆河战役均在当年进行,可当时美国的威尔逊政府仍在大谈和平,民主党为威尔逊连任总统提出的竞选口号就是"他使我们免于战争"。

大多肯定都不待发芽
就会成为松鼠的粮食。

有些则已任凭秋风
把自己吹向远方
抛入遥远的尘世。

当大风停息的时候
有些便直端端下落
（但也许是滚下山坡）。

有些落到了谷底
挤作一堆铺了一层
都不知未来的命运。

借助于秋天的潮润
有些橡树籽的一端
已隐隐显出萌芽，

那可能是根导火线
连着一颗随时会炸开的
小鬼式手榴弹。

橡树籽全都会消失
除非我及时介入
捡出一粒加以爱护。

我会把它种在院里

以改变山村的景色
让它长久被人注意。

但无论是虔诚地闭眼
还是明智地大睁眼睛
我都希望选这样一粒：

它会因自己被允许
活下去而感激不尽，
而且会觉得惊诧不已。

1916 年—1919 年？

林中野花

有些花紧挨着我们停留的地方，
而有些花则排列在道路的两旁
看我们的人马在它们身边行进，
夏风干燥时还会吃我们的灰尘。
林中野花与这些花虽不属一类
但对我们的爱恋也许同样强烈，
因它们要求凡想触其枝梗的人
都必须得抛开这尘世融入它们。

1911 年—1917 年

《七艺》①

我记得在创刊的那天上午
我曾对你们提出过忠告:
艺术从来都只有六种!②
你们却偏要加上政治,
结果《七艺》将死于伯恩之手。③

1917 年

给 阿 伦④

——给想看我怎样写诗的那个孩子

你可知道,在这些山上
我有座农场,农场上长着
一千棵可爱的圣诞树。
我倒想寄一棵圣诞树给你,
但那样做会违反规矩。
一个大人可以送一个小男孩

---

① 此诗于 1917 年 11 月附在一封信中寄给路易斯·昂特迈耶。《七艺》是一份月刊(1916 年 11 月—1917 年 10 月),昂特迈耶曾任该刊编委。
② 指绘画、雕塑、建筑、音乐、舞蹈和文学。
③ 在《七艺》发表伦道夫·S. 伯恩(1886—1918)的一系列反战文章后,公众的反应使该刊经济赞助人 A.K. 兰金夫人撤回了她的赞助,《七艺》随之停刊。
④ 指阿伦·尼尔森,史密斯学院院长威廉·阿伦·尼尔森(1869—1946)的儿子。

一本书、一把刀或一个玩具，
甚至送我写的这样一首小诗
(你看我就是这样写诗的)。
但除了圣诞老人
谁也不可以送你一棵树。

1917 年

鱼跃瀑布

一条河从遥远的崇山峻岭
流到了我家的厨房门前，
成了这幢房子的自来水，
使厨房保持着雪白的地板。

为了把河水拦进一个盘子
我们让那条河有了道瀑布
(瀑布下的水并不很深)
这对我们有利，却让鱼受苦。

因为当春天蛙鱼回来之时
便发现要跃一道陡直的墙，
这意味着它们得垂直跳跃，
不然会掉在长满草的岸上。

我记得有条一指长的小鱼

就摔在岸上蹦跳着死去；
可如果它并不喜欢死亡，
那它最好是不当一条蛙鱼。

我后来发现它在暑热中消失。
但我也及时地发现过一条，
于是我把它放到上游水中，
在那里它不会有瀑布去跳。

1919 年

有感于一九一九年的通货膨胀

眼见十美分变五美分是何等痛苦！
我们用双手紧紧抓住那二分之一，
我们的头和心感觉到的二分之一。
有人正活生生地把我们劈成两半？

是我们中有人正把我们劈成两半？
我们从存在之处朝人间和天上的
那些加冕的君王投去危险的目光。
他们懂叫他们乐不可支什么最好。

1919 年

更　正

今天早上我们在这儿告诉你
减去二十时,那听上去很多。
当时我们还试图说得少一点
(他边说边朝木屑里吐唾沫),
而且当我们那样推测之时
我们正在厨房火炉边穿衣。
穿好衣服再出去逛上一圈,
我们所发现的是减去四十。

1920 年

"嘿,使车轮转动的你哟"

嘿,使车轮转动的你哟
请加快速度
请快到这样的程度
以致若要从 A 点
到 B 点
那么在到达 B 点之前
我也许就来不及把 A 点忘记
这样从几乎在同一瞬间
存在于脑海里的两个意象中
也许就会产生出

对照和隐喻。

―――――

嘿，使车轮转动的你哟
请注意！
那些忽左忽右的长长的弯道
那些迄今为止我用眼睛——
只是用眼睛——体验过的弯道——
它们长得我感觉不到是在转弯
除非把速度加快到每分钟一英里。
加快速度吧
那样我也许会觉得它们像舞蹈家
在我后背和脖子的筋里跳舞。

1925 年

天 平 盘

拔摩岛①上那声音②叫我"闭上眼睛"！
我永远闭上了双眼，成了瞎子。
"伸出你的手！"那声音冷不防又说。
我随和地伸出手，顺从地站在那里。

―――――

① 爱琴海中一岛屿，曾被古罗马人用作流放罪犯的地方。据《新约·启示录》第 1 章第 9 节记载，约翰即在该岛上写成《启示录》。
② 《新约·启示录》第 1 章第 9—10 节记载："我是约翰……曾被流放在拔摩岛（今译帕特摩斯岛）上……一个安息日，我正在默想圣灵，忽闻身后有个洪亮的声音对我说……"

"你在想什么心事?"想得不多。
我说关于希腊人想得越少越好。
我敬畏地等着那即将到来的触摸。①
生怕那发出声音的存在会转身走掉。

可当它到来时我却吓得掉头就跑。
叮叮当当!叮叮当当地穿过黑夜。
那是一种托付。那架巨大的天平。
我注定已成了高高在上的正义之神,②

注定已拥有了主持正义的天赋。
天平盘坠地叮当响。那是种托付。

约 1926 年

牛在玉米地里

一出爱尔兰独幕诗剧

下午。厨房里。奥图尔始终都
捧着一份报在读"地方自治版"。
其妻在熨衣服。她做全部家务。
忽闻有人从大路上朝他们呐喊。

---

① 《新约·启示录》第 1 章第 17—18 节记载:"……他用右手触摸我,说:'不用害怕!我是开始,亦是结束。我是永生者……'"
② 在西方绘画作品中,正义女神总是蒙着双眼,手持天平。

奥图尔太太：
　　听见吗,约翰尼？牛在玉米地里！

奥图尔先生：
　　我听见你说了。

奥图尔太太：
　　　　　　既然你听见我说了,
　　那你干吗不去把它赶回牲口棚呢？

奥图尔先生：
　　我在等待,给我点时间。

奥图尔太太：
　　　　　　　　你在等待！
　　等待什么？等上帝让你永远受穷！
　　我再说一遍,那头牛在玉米地里。

奥图尔先生：
　　在谁家玉米地里？

奥图尔太太：
　　　　　　当然在我们家的。

奥图尔先生：
　　那就去把它赶到别人家的地里！

　　她冲他举起熨斗。为了躲避她

他把摊开的报纸稍稍举了一下。
牛的哞哞叫声从(右)窗传进来。
因为大幕到天黑才把场景掩盖。

1918 年—1927 年

米德尔敦凶杀案

杰克套好他的天蓝色雪橇,
然后驱橇前往伐木的山坳。

他本打算在伐木场待一星期,
可他当天又驾橇返回家里。

凯特迎到门外问他为何原因。
"我回来是想再给你一个吻。"

他从座位毛毯下抽出猎枪,
带枪本是为把林中野味品尝。

凯特试图冲他笑。"你老不在家。
你别犯傻。有什么不对劲儿吗?"

他俩站在门外互相盯着对方,
凯特堵住门,显然有所提防。

杰克忽然扯开嗓子高喊:

"滚出来吧!我知道谁在里边。"

如果刚才另有人与凯特同屋,
那他肯定不会被仇恨唤出。

(有些人最好是被爱心唤来。
有些人你却不得不连拉带拽。)

这时突然有声响令杰克吃惊,
他一边叫骂一边绕向后门。

"嘿,你这个该死的骗子强盗,
你休想给我玩什么花招。"

凯特走捷径从屋里过来,
来到厨房里把后门打开。

这下三个人在门口挤作一堆,
你简直没法分清是谁在推谁。

"要让一名杀手三人中选一个,
那最后选中哪个还真不好说,
不过你们会看到那不会是我。

"沃尔特,你是我的朋友搭档,
你常吃我家盐,这次却来吃糖,

"可笑的是我竟相信一个色鬼。
这难道不该让我的猎枪发威?

"不过为了让凯特高兴高兴,
我可以让你活着走出大门。"

他抬枪朝他的一颗纽扣瞄准,
但没扣扳机,而是叫他"快滚"!

第一枪从沃尔特的头顶擦过,
可他仍然在跑,仍然活着。

第二粒子弹擦过他的右臂,
第三粒子弹则擦过他的左臂。

最后一枪之前的第四枪偏低,
沃尔特感到子弹穿过脚下雪地。

他心想,"今天我的运气真好,
我就要逃之夭夭,逃之夭夭。"

让那逃命的家伙觉得幸运,
对杰克来说真是无比开心。

他前四枪打偏只是为了逗乐。
第五枪正好穿透他的心窝。

弄污他衬衫的第五粒子弹
让他一头栽进了雪堆泥团。

我们管这叫"先让你跳舞,

然后再叫你自己跳进坟墓"。

杰克说:"现在回去料理家务,
我想你最好是去整理好床铺。

"不,你最好还是先束好头发。
等那之后我们再看应该干啥。"

他拽着她进屋并把门关上,
而且不允许她再朝外张望。

凯特不知法律会怎样对付
这样杀了她情夫的她的丈夫。

她不愿成为两个男人的死因。
但一个女人又能做什么事情?

难道当司法官来履行其职责,
她会对他说这事不能怪杰克?

要想打发这麻烦的一天,
你通常能说的至少有谎言。

你曾高兴有过那段青春时光,
可你那股高兴劲儿不会太长,

那的确比任何晚景都令人销魂,
但司法官也许会提出责问。

司法官那番话是:"凯特表妹,
本州黑发姑娘中数你最美。"

(那个镇区只有几十个居民,
他们大多彼此称对方为表亲。)

"我想你天生就爱寻欢作乐,
可你对这两个男人做了什么?

"若你想要好的一个去坐牢,
坏的一个被杀,你已做到了。

"处理此案我会尽可能从轻,
但表妹哟,我得带走你的男人。

"让这事作为教训终生汲取,
下次嫁人一定要做良母贤妻。"

有个人直挺挺地躺在路上
像根从柴草车上掉下的木棒。

他身边的路标像个受惊的白痴
同时朝四面八方胡乱指示。

迄今还没有好奇的人前来围观,
只有一个邮箱组成的唱诗班

站在那十字路口积雪的角落。
邮箱上有人名如沃纳和斯塔克。

但它们更像是一群食尸鬼在唱：
好人坏人到头来都一样下场。

1928 年

"洛斯教授显然认定"①

洛斯教授显然认定
全部的艺术就是辨认
这我同意。但完美的
辨认就是探测
因此洛斯爱读侦探小说
而且为他的学问而自豪
若一个诗人自己的作品
是其他诗人杰作的汇编
他也用不着为此道歉
就让他的作品只是引用
（这听起来并非像是嘲讽）
这就像一场兔犬追逐游戏②
为了让批评家觉得有趣
诗人不得不在所行之路上

---

① 约翰·利文斯通·洛斯(1867—1945)是哈佛大学教授、文学批评家，著有研究柯勒律治的专著《通往上都之路》(1927)，据传他在与弗罗斯特的一次交谈中说过诗乃一个诗人从他所读的全部书中摘录的"引文之编织物"，并说"我很乐意跟在你们后面追溯那些引文的出处"。
② 一种户外游戏，扮兔者在前面一边跑一边不时撒下纸屑，以便在后面追赶的扮犬者有踪迹可循。

撒下些前辈诗人的只言片语。

1930 年

因韵害意[①]

那似乎使我的情绪又重新变好	a
当我的苏格兰朋友从邻街过来	b
突然冲我们嚷道"唉,真悲哀"!	b
有个人被关进了芝加哥的大牢	a
但不是因他抢了有钱人的皮包	a
而是因他依韵律音步赋诗咏怀。	b
亚当斯[②]说我们是牛不足为怪;	b
但如果我们是牛我们就没头脑——	a
还有能够这样昏睡的其他家伙,	c
就像法国人用英语说"fox pass"[③]	d
或我们可能用法语说,但须知	e
那是我们的借口说别人有罪过。	c

---

① 此诗随一封日期为 1930 年 10 月 1 日的信寄给昂特迈耶。在《弗罗斯特致昂特迈耶之书信》中,昂特迈耶注明说:"我在二十年代认识了伯吉斯·约翰逊……他是个打油诗人,后来于 1931 年编了本《新韵辞典及诗人手册》……他曾时不时地为诗人们设计出一些'作业',看随意凑在一起的一组押韵的单词会使不同的诗人想到些什么。"1930 年,约翰逊把 14 个配置成一首十四行诗韵脚的单词寄给昂特迈耶和弗罗斯特。昂特迈耶注明说:"我不知道我做的那个文字游戏后来的去向,我想我当时本来就没认真对待。罗伯特虽然欣然从命依韵填了首十四行诗,但他对伯吉斯的整个计划持嘲讽态度。"
② 詹姆斯·特拉斯洛·亚当斯(1878—1949),美国历史学家。
③ 法语 Faux‐pas(失足)往往被讲英语的人说成 fox pass(美国俚语,意为"铸成大错")。

我是个男人,不是个学生,alas①,　　d
　　我为芝加哥承担我那一份羞耻。　　e

1930 年

致路易斯(一)②

亲爱的路易斯:

　　望远镜已送来,我非常高兴。
　　我真不知我过去是怎样耕耘
　　竟然没用过如此重要的工具。
　　(也许我不该说)但我得告诉你
　　把望远镜架好并把方向对准
　　我看不出胡佛③是由上帝选定;
　　罗宾逊刚出的那本书④也不见——
　　迄今为止——不过我得再看一眼。
　　开始时我甚至看不见月亮,
　　而那并非因为当晚没有月光;
　　根据历书推算,应该能看见,
　　所以我白白耗费了整个夜晚。
　　也许是接物镜需要掸灰除尘,

---

① 英语叹词(唉),在此与上文的 pass 押韵。
② 路易斯·昂特迈耶(1885—1977),美国诗人、评论家及文选编纂家,1915 年在波士顿与弗罗斯特结识,后来成了弗罗斯特的终身挚友。
③ 赫伯特·克拉克·胡佛(1874—1964),美国第 31 任总统(在任期 1929—1933)。
④ 指美国诗人埃德温·阿林顿·罗宾逊(1869—1935)于 1931 年出版的叙事长诗《门口的马提亚》。

也许是小透镜需要重新调整，
也许是在我框住的画面里边，
在有罪的我和我的天国梦之间，
插入了某个白天思索的问题。
但不用担心，我并没亵渎上帝。
我有莎翁最想要的两样东西之一。
请在我的墓碑上刻下这段铭词：
我曾有过另一位家伙的"机遇"①
但愿我不再需要任何人的才艺。②

你永远的朋友

罗·弗罗斯特

1931 年

"一个人的高度……"

一个人的高度应该是他的身高
加上他家乡的海拔。
我认识一个丹佛人③
从海平面到他的头顶
共有一英里零五英尺十英寸，

---

① "机遇"原文为 scope，此词在《莎士比亚十四行诗》第 29 首第 7 行中的意思为"施展才华的机会"，但弗罗斯特在此玩了个文字游戏，因 scope 亦可指望远镜。
② 参见《莎士比亚十四行诗》第 29 首（"逢时运不济，又遭世人白眼"）第 7 行："想要此君之才艺，彼君之机遇。"
③ 指科罗拉多州的诗人、作家及记者托马斯·霍恩斯比·费里尔（1896—1988），早年业余写诗，第一本诗集《高原路》出版于 1926 年。他晚年（1979—1988）获得了科罗拉多桂冠诗人、美国诗歌学会奖和弗罗斯特诗歌奖等多种荣誉。

而且他爱挥一支同样高的笔。

>   1932 年

提　供

我眯上眼睛让黑夜加倍，
但雪花仍然像子弹般飞来
越发对准我狠狠撞击。
除了让我眯眼它们还要什么？
那是什么？我应该想什么——
也许多少年来它们一直在说
又干又硬，又干又硬？
我，它们，或许全都要融化？
如果我提供心中的伤悲，
它们会不会提供泪水？

>   1932 年

让国会办理这事

我们自古以来就不乏马车制造者。
现在又来了个制造者，我们只需
给他封个称号，叫他飞机制造者。
这不仅说来合法，唱起来也正确。①

>   1932 年

---

① 莱特兄弟姓氏之英语 Wright 意为"制造者"。

恢复名声①

在"东方阶梯"上那黑暗的一霎，
我感到了一种我特有的惊恐害怕。
当探索我的灵魂时我发现丢了名字。
（来时我还带着它，这我敢发誓。）
那是在诸神开始吹嘘他们的名字时。
我看得出如果在这儿我没有名字，
那我将会是虚无——什么也不是。
于是我马上扯开嗓子高声嚷道：
"拉神哟，奥西里斯和荷鲁斯哟，②
啊，请让他们把我的名字还给我！"
"你敢肯定你没把它掉进一个洞里？"
奥西里斯问。"不，它是被偷走的。"
一个尖嗓子女声问："这是怎么回事？
什么东西不见了？"我回答说："是的，
我的名不见了。有人剔了我的灵魂。"
在最后一级台阶上，台阶上人真多。
一个想使我平静的人恭敬地问我
我要找的那个名字是不是我的笔名。
我嚷得更欢了，"不，那是我的名声。

---

① 此诗于1932年9月寄给诗人及哈佛大学教授罗伯特·希利尔（1895—1961），以回应他写的《罗伯特·弗罗斯特"缺少才智"》一文（《新英格兰季刊》1932年4月号），该文针对一些批评家对弗罗斯特的批评为他进行了辩护。
② 拉神是古埃及神话中的最高神；奥西里斯是古埃及的冥神；荷鲁斯是古埃及的鹰头太阳神，奥西里斯和生育女神伊希斯之子。

我想恢复我的名声,而且马上恢复"。
于是拉神召唤来罗伯特·希利尔,
"你能采取措施平息这阵喧嚷吗?
找到这家伙的名字,恢复他的名声。"
罗伯特做了这事,荣耀归他所有。
啊,一个多么值得结交的知己朋友。

1932 年

"一个小小的王国"

一个小小的王国
有过鼎盛与辉煌,
有过良好的风纪,
可惜是好景不长。

住在王宫的国王
早就知道有危险,
因为传来了风声
说北方异族南犯,

那是些流寇海盗,
但却有好大一群,
他们正沿着海岸
缓慢地向南推进。
国王想防患未然
便建了一座要塞,

让士兵擦亮刀枪,
让军队严阵以待。

但他却颁布法令
禁止平民提战争,
也不许谈论杀戮,
只要它尚未来临。

他想要他的人民
只想相爱和添丁,
只要在和平时期
就一心只想和平。

约 1932 年

冬天所有权

是谁任凭雪花沾满睫毛和嘴唇
  在一年最冷之时走向沉沉黑夜?
那是个坚持要冬天所有权的人。
  他也许正在顺便清点一下积雪,

要清点积雪他就必须走进雪地。
  五十个这样的初雪夜他都外出
(独自走过平原,但充满勇气)。
  一阵挟着沙尘的雪会窸窸窣窣

穿过一棵枯了叶的橡树。突然
　　会有一群小鸟儿像弹雨般飞过，
仿佛是因暴风雪而早临的夜晚
　　使它们记起只顾觅食忘了南迁。

但他不会忘记他的目的和追寻。
　　沉沉黑夜会发出一声长长叹息，
于是怀着拥有和被拥有的感情
　　他肯定会情不自禁地做出回应。

他走向森林是要乞求某种证明？
　　他干吗不进林中并说出是什么？
牧草接触他双腿的实在的感觉
　　已足以证明凡是他的就是他的。

深深积雪也许会减缓他的脚步，
　　但是他会以某种方式加快速度，
一步一步地勾勒出森林的轮廓
　　探明那座森林讳莫如深的面积。

他会在一个路口欣然地放弃——
　　当水珠或眉毛嘴唇都化为尘土，
他会让脚步停在深深的草中，
　　去拥抱那轮廓，坚持他的所有权。

1934 年

"当我丢人现眼时"

当我丢人现眼时
我只有转身离去。

1935 年

祖先的荣耀

那教会执事的妻子生性轻佻，
她喜欢她的性生活放荡无度，
于是和一个爱尔兰穷鬼睡觉，
使他成了执事的孩子的生父。

执事本身是一个有钱的绅士，
过正派的生活，穿假胸衬衫；
这使她的不贞既有趣又滑稽，
使她觉得欺骗丈夫是种消遣。

不过既然她常做那风流韵事，
常悄悄溜出后门并翻越墙头，
那她怎么能肯定执事的孩子
究竟是不是执事的血脉骨肉？

别对一段优生学的故事质疑。

她和执事同床并且与他交欢，
但她肯定把与他所行的房事
都限制在她不会怀孕的时间。

而她只消让这限制恰好相反，
让那爱尔兰人与她同床共寝，
这时凭着他天主教徒的信念
一个女人十之八九都会怀孕。

她的肖像如今挂在家族画廊，
整个家族没有一人愿意认为
他们的血管里流着那种血浆，
这便是他们天生贪杯的原委。

1934 年—1937 年

致伦纳德·培根①

亲爱的伦纳德·培根：

我不知你此刻在这片大陆还是在欧洲，
但我想告诉你，趁我俩还算得上朋友，
你的惩罚性韵律虽说不上给了我欢乐
  但却不知给了我多少道义上的满足。

---

① 伦纳德·培根(1887—1954)，美国诗人及翻译家，1941 年普利策诗歌奖获得者，他曾把 1936 年出版的讽刺诗集《韵律与惩罚》题献给弗罗斯特，这首诗是弗罗斯特收到他的赠书后为答谢而作。

我看得出你对这些令人亢奋的节奏之
　　感觉差不多和我一样。
我俩都不会被它们逼去喝酒或者自杀,
但是无可否认,我们都发现这些节奏
　　远远偏离了我们更喜欢的追求。
然而不管用什么我们用过的逃生手段
　　我们都躲不开它们,你说是吧?
对我来说,过去四年听到的亢奋节奏
　　也许比此前任何一届奥运会的还多。
我俩的几乎绝对一致中只有一个例外,
　　即你把循道宗信徒奚落得体无完肤
　　的那种方式。
你是来自皮斯代尔①的公理会好教友,
　　我猜想你乐意让那个圣公会教徒
插在我们的清教诸教会和与之完全
　　格格不入的天主教会之间。
但你用那圣公会教徒设障之后,你就
　　需要对他进行照料,除非你圆滑得
能引来循道宗,从而把他安然无恙地
　　交给东正教。
让一个圣公会教徒去捉天主教徒,
　　再让英国国教信徒去捉圣公会教徒,
而我看不出那个美好的旧大陆怎么能
　　再次从诚实的人手中被偷走。
当然,我们曾召集了一次会议并组织
　　了一个政党来促进我们的政治,

---

①　皮斯代尔,美国罗得岛州南部一小镇,是伦纳德·培根的家乡。

但我太了解自己，我早有过那种想法
  而它绝不可能解决问题。
也许会有摊牌的时候，但如果真有，
  我们就只好等到那天
才能去阿伯克龙比-菲奇商店①为那场
  冲突购置装备。
我相信在这样一个国家肯定会有许多
  像我们这样的人，他们不会轻易地
  就被人鼓动并变得亢奋。
他们经得起屡屡被人忽视，被人冷落，
他们甚至喜欢在那些凶残好斗者眼中
  显得毫不起眼。
但在他们的内心深处有一种浓缩的
  东西，
而如果真来一场战争，我倒想奉劝
  人人都去找到那种东西。
是的，眼下我们的确无事可做，只好
  写写诗或干点农活儿，
或是明年夏天在某个像弗朗科尼亚
  那样清静的地方见面交谈——那
  不会造成任何危害。
别以为我玩这种韵律没有大大地受到
  奥格登·纳什②的影响。

---

① 纽约市一家专门出售狩猎、探险、运动及旅行用品的商店，现已停业。
② 奥格登·纳什（1902—1971），美国幽默诗人，其诗无一定韵律，诗句忽长忽短，作品有诗集《艰难的诗行》（1931）、《快乐时光》（1933）等20多种。

我并非从密歇根甜歌手①处得此韵律,
倒是纳什老实地承认他欠她人情。

你永远的朋友
罗伯特·弗罗斯特
1937 年

"除非我把它叫作……"②

除非我把它叫作镶满宝石的
锡镴棋盘,一个可用来
玩一辈子单人跳棋的棋盘,
不然对康尼克用彩玻做的
这件精妙礼物我就叫不上名。
然而说下单人跳棋
还是不完全准确,
因为不可能移动任何宝石
为了让那些色彩移动
我必须请求日光来帮忙,
而那就不再是玩单人跳棋。

1937 年

---

① 朱莉娅·A.穆尔(1847—1920)于1876年出版诗集《密歇根甜歌手向共和国致敬》,其后她便以"密歇根甜歌手"一名为人所知,据说她那本集子里的诗写得特别糟,甚至糟出了一种风格影响。奥格登·纳什曾宣称他"幽默地模仿了她那些歪诗的独特风格"。

② 此诗为答谢画家查尔斯·杰伊·康尼克(1875—1945)制作的一个以《雪夜林边停歇》为意境的彩色玻璃装饰盘而作,最初作为该装饰盘插图配诗发表在康尼克的《光彩中的探险》(1937)一书。

"我想我要去祷告"

我想我要去祷告,
我要去祷告——
沿一条黑洞洞阴惨惨的走廊,
下一段台阶
每下一级我都会多一分谦卑。
我腰间会系上一根绳子,
手上会持一小截匆匆熄灭的蜡烛。
因为像我这样的人都留有个地窖,
地窖的石砌拱顶往下滴水,
松软的泥地上铺有石板通道。
我,一个伤心欲绝的彻底的失败,
将在那里趴下
把肢体伸展成一个十字——
啊,如果献身宗教不是我的命运
请一定告诉我
而且别太迟!

1921 年初稿
1942 年修订

痕　迹

有人在树林中爱过哭过。

不过想来不会有人知晓
那对一起来过的恋人中
有一位曾独自来此哭泣。

但针叶树总对在其树梢
嘤嘤呖呖的刺嘴莺叹息,
它们的树皮也老在流泪——
永远流不尽的银色树脂。

二十世纪四十年代

让我们别思想

东风要说的都说了
但现在西风的回答
会造成另一种天气,
会让疲惫的云疾飞,
让雨后的大地干涸。

雨留下些小小水塘
仿佛是为映现影像,
西风会让水塘存留
然而却会吹皱水面
让它们映不出影像。

风哟,如果你认为
以水为镜违反规矩,

那我们从此不思想,①
我替那些水塘保证,
替那些浅薄的白痴。

二十世纪四十年代

致路易斯(二)②

亲爱的路易斯:

我宁愿压根儿就没有什么战争
也不愿让你因战争而对我生气。
我知道问题所在;这场战争多少
与犹太人有关,而且正如你认为
我应该要求在其中扮演个角色。
你应该知道——我本不必告诉你——
军方不会让我亲赴前线。
而我又不愿在后方成为英雄——
我是说凭着在家充当狂暴武士③,
像一名消防队员闯入一扇门
把某个笨蛋家的灯火扑灭,
但却在灯火管制期丢下大火不管
擅离职守去巡视夜总会的聚会。

---

① 诗中"映现"和"思想"之原文均为 reflection。
② 此诗于 1944 年 8 月 12 日寄给昂特迈耶,此前正替作战新闻处担任出版物高级顾问的昂特迈耶曾请求弗罗斯特作为一名作家为战争出力。
③ 狂暴武士,北欧神话中在战斗前使自己狂怒,从而不穿铠甲上阵的武士。

我没法让自己像提尔泰奥斯①那样
去歌颂战争并激励年轻人投入
伤不着我的危险。我从来没有
当兵的经验,所以实在没有资格
　去向其他人鼓吹吃饷当兵。
其次请记住我不是一名作家。
我的确像过去那样擅长许多事情,
这我不能否认(你可以替我否认)。
但我从来不擅长写官样文章。
在填写表格的时候,我历来不愿
把自己称为作家。如今再把我
自己称为农夫听起来会有点做作,
但如果当农夫是个谦虚的请求
我愿提这请求。如今我是一名
免交所得税的演说者和教师,
尽管演说者又是一个危险的字眼。
我没能用笔去对付希特勒,就像
我没能用枪一样(但原因不同)。
也许我一直有种潜意识的狡诈
使我的心免于陷入尴尬的境地:
即当我歌颂我们(美国)的时候
我将不得不把这种歌颂混同于
替一些稀奇古怪的盟国作的宣传。
我认为不管在和平时期还是在战时
他们所有的和我能从他们得到的
都是虚假的友谊,但我尽量少说

---

① 提尔泰奥斯,公元前七世纪希腊诗人;相传在第二次麦西尼亚战争中斯巴达人曾唱着他写的歌投入战斗。

或长话短说。我对政治一窍不通。
我天生看不见我所爱之人的缺点,
但对那些仅仅是盟友的人的毛病
我却历来拒绝故意视而不见。
信共产主义的苏联人真是伟大!
如果不再要求我说更多的东西
我完全经得起国务院的审查检验。
赫尔①可能是对的,当他说苏联人
既友好又伟大。他可能又是对的,
当他说苏联的利益与我们的够接近,
他们需要我们帮助他们管理世界。
我正在等着看他们的利益所在。
我希望他们会善待弱小的同盟者。
我希望约翰牛②和我们的另外两个
强大盟友能在战后一致地善待
所有弱小国家:芬兰波兰希腊
以及罗马尼亚比利时和法兰西,
对,还有我们自己贫穷的南美。③
不过赫尔是个好人,听他说话
可使我的疑虑变得微不足道。
你必须记住正如莱斯利④所说,
正如她用哥伦比亚特区的方言所说,
我不是个"大家伙"。你们华盛顿的
人不会想到清洗我,不管是

---

① 科德尔·赫尔(1871—1955),美国政治家,1933 年至 1944 年任美国国务卿,1943 年曾率美国代表团赴莫斯科与苏联外长会谈。
② 英国的绰号。
③ 我希望我们使那些小伙伴都过得好。——原注
④ 弗罗斯特的大女儿。

什么样的清洗(恐怖的字眼!)
或是桑德堡－白劳德集团也许会
想到的清除。你曾亲口对我这样说。
我做的任何事都不要紧。我写诗,
写有韵律的诗。你和凯①总是那样
迁就我,以致我有时想知道,当我
老不中用时我会有什么支撑。
你最清楚我将不得不依靠哪些人。
伙计在俚语中是个词义多变的字眼。
但好伙计应该意味着好的支索,②
那种使烟囱直端端耸立的支索。
四根支索看起来完全可以保险。
我有凯有你有莱斯利还有拉里③,
刚好是四,那个神圣的新政数字——
四项条款四大自由和四大强国,
如果你破例把中国也算上的话。
你会注意到我的四个中有个犹太人——
不管是他还是我都不曾追求声望。
我对你那个种族的最有力的援助
就是我把它看作我们中的失散者,
长期以来它已经使我明白,至少
在某种程度上它是个分散的种族。
而即使对这个分散的种族之一部分
我也怀着同情之心。我常说把整个

---

① 凯瑟琳·莫里森,弗罗斯特的秘书及管家。
② "伙计"和"支索"之原文均为 guy。
③ 劳伦斯·汤普森(1906—1973),他后来写了一部"正式的"弗罗斯特传记(三卷本,1966 年、1970 年、1977 年)。

巴勒斯坦还给他们。任何没有家园的
种族都不能算一个民族。我支持
所有那些想拥有自己家园的种族，
支持他们在自己的家园讲自己的
语言。我会告诉英国对他们友善。
可看看英国，你到伦敦去呼吁吧——
如果那是你的事。语言是我们的盟友。
别来烦我，我对阿拉伯人没影响。
我不是那个"阿拉伯的劳伦斯"[①]。
我非常讨厌这场战争提出的
所有令人恼火的问题：关于我们
对盟国的义务，关于动用我们的
军事力量的义务，在小国看来
这和我们所认为的一样天经地义，
所以我不会太在乎是否我们不再有
另一场战争。我发誓我不会在乎。
作为与政治彻底分手并顺便说说
大国，让我们来看看我们（美国），
这个大暴发户，充满了暴发的人
或我爱称之为的开始小本经营的人。
这几百年间我们是从何处开始
爬到了一个几乎最强大的位置？
是凭什么品格什么德行什么习性？
民主在我心中唤起的所有感觉
就是我对仆人从何而来感到吃惊。

---

① 托马斯·爱德华·劳伦斯(1888—1935)，英国学者及军人，第一次世界大战时奉命加入阿拉伯军队从事间谍工作并指挥游击战，其经历极富传奇色彩，以"阿拉伯的劳伦斯"而闻名于世。

诗　歌

我从不轻易相信民主巨星的传说，
如什么理查德·李[①]和两个罗斯福，
他们从来没有被迫去割草挣钱，
凭自己挣的钱支付学费完成学业。
看到从克罗顿[②]出来的任何好人
我都感到和我需要的一样多的吃惊。
但当我读伟人传记时，我发现那些
出身低微者给了我最大的快乐，那些
当年的店员、工厂煤矿车站的工人
以及印刷所学徒和开电梯的小伙子。
在我的民主范畴的周围有一种
令人不可思议的神秘的现象，
人们乐于对造就一个人的条件
保持一无所知或置之不理的态度。
我喜欢这样一个世界：那里没人
敢说或敢用他们的战时法币打赌说
英雄不可能出自某种有利条件
或不能出自某种不利条件。一年前
我曾认为我已使我俩达成了共识：
我们的民主就像一个散漫的贵族
把双腿交叉着搁在壁炉架上
双手拇指抠着西装背心的袖孔
正在怀疑自己成功富足的价值。
请想想有多少平民百姓能达到

[①] 理查德·亨利·李(1732—1794)，美国独立战争时期的政治家。
[②] 马萨诸塞州东北部一所极负盛名的男生预科学校,富兰克林·德兰诺·罗斯福于1896年至1900年在该校就读。

这种超凡脱俗的高度，能像
传道者所罗门王那样说出：
虚无的虚无，万事万物皆虚无；①
而且是在迫不及待的一代人中，②
不是像亚当斯家族那样为造就一个
亨利·亚当斯不得不等到第三代。③
你也许还记得从我家后门出去
我们有一个被沙果堵住的观察孔，
还有一条穿过一片蕨丛陷阱的路，
路通向空旷的牧场，那里视野开阔，
越过近处黑云杉构筑的地平线
可望见远方朦胧群山构筑的天边——
你的阿迪朗达克山④于我们就是你。
群山把你卷起但我们的心把你展开。
我们没撩开你那层距离的面纱
因为害怕被指控亵渎了浪漫，
我们只是让山一重一重地闪开，
直到亮出潺潺小溪旁你那座房子，
你站在正抽芽的花丛间，暴露于
一种什么也不会失去的友谊之中，

---

① 语出《旧约·传道书》第1章第2节。《传道书》开篇三节如下："耶路撒冷的王，大卫的儿子，传道者言语。／虚无的虚无，传道者说，虚无的虚无；一切皆虚无。／阳光下劳作一生的人获得什么益呢？"
② 同上第4节云："一代过去，一代又来，地却永远长存。"
③ 美国历史学家亨利·亚当斯（1838—1918）的曾祖父约翰·亚当斯（1735—1886）曾任美国第2任总统（在任期1797—1800），祖父约翰·昆西·亚当斯（1767—1848）曾任美国第6任总统（在任期1825—1828），父亲查尔斯·弗朗西斯·亚当斯（1807—1886）是政治家和外交家，曾任美国驻英国大使。
④ 指美国纽约州东北部的阿迪朗达克山脉。该山多湖泊和森林，是著名夏季疗养地和旅游地，昂特迈耶在山中有一座房子。

因为那友谊至少部分地存留于想象。
我有一本贴满了你照片的相册,
你总是显得那么在行,不管是你
走近花草去品赏它们的色泽芬芳,
还是迎着墙上的一幅画走去,
或是在一架钢琴前为我们选曲目,
或是在听一首诗。你只消听一遍,
只消一遍你就能记住每一个单词。
没人能显得像你那样啥都在行。
唉,抛开你没完没了的政治吧。
这么久以来一直听不到你的消息
使我们开始一再回想,我从你
得到了一个什么朋友,多少种朋友——
应该说是极富权威性的她①说
我所认识的人中再没有人能像你
那样了解我。这本身就会使我
欠你的债远远超出我的偿还能力,
以致我只能时不时地重翻老账
而且因承认这些旧债而向你续借。
我相信这番解释——这番只是对你
而不是对别人的解释——会使你
确信我有权得到一天的宽限期。
我向你保证,我很快就会偿还你
第一笔分期贷款。等等!这儿就有
一笔。我想到再编一本诗文选集。
你说不再编选集了,但你错了。

---

① 指凯瑟琳·莫里森。

我知道你下一本选集该取什么书名。
等我见到你时我再仔细地告诉你,
如果你允许,我会助你一臂之力。

1944 年

上午十点半

能降下多少雨来
使木瓦噼噼啪啪
使泄水管叮叮咚咚
但却不能使我
和屋里的任何东西
有一丝一毫的变动

约 1944 年

"如果那颗闪耀的星星……"

如果那颗闪耀的星星真的像
名叫科学家的人说的那样巨大
那么我能说的就只是
既然它只发出那么微弱的星光
那它就肯定不得不
也像科学家们说的那样遥远

用 B 证明 A,再用 A 证明 B
事物总能在某点上互相证明——

1945 年

谷仓里的床

他说我们可以把他的烟斗拿走,
这样他睡在草堆里就安全无忧。
这是他的火柴——礼貌的流浪汉。
他说他想把事情做得体体面面。
于是他开始东拉西扯谈神说鬼,
表面上保持自尊内心却感羞愧,
为对得起谷仓里没床单的客床
那段命运坎坷的故事过于高尚。

我曾想这么一个人是多么幸运
能在他羁留之处受到人家好评,
虽说这样的好评是如此地简短:
他既不是个小偷也不是纵火犯。
可悲的是若这种表扬只剩一句,
你就很容易老是把它颠来倒去。

1944 年—1947 年

为了连续交媾①

我们哈佛的新马尔萨斯主义者说:②
"我们没法让穷人克制性交之乐,
但我们能让他们吃一种新的东西
从而使他们避免过多的生育繁殖。"
可这个办法似乎有一点违背天理!

1951 年

浪费,或鳕鱼卵

当哈佛的一些男生被科学强迫
去面对那个极可怕的浪费事实
孵一条鳕鱼需要一百万枚鱼卵
他们立即就抛弃了他们的图腾③
纷纷去自杀,用一根避雷针。④

约二十世纪五十年代初

---

① 这首打油诗曾随一封日期为 1951 年 9 月 21 日的信寄给路易斯·亨利·科恩,弗罗斯特曾指出诗的标题来自古罗马诗人卡图卢斯的《歌集》第 32 首,该诗第 9—10 行为:"sed domi maneas paresque nobis / novem continuas fututions." 大致可译为"但请留在家里做好准备 / 为了九次连续的交媾"。
② 弗罗斯特在那封致科恩的信中写道:"作为一名科学的代言人,原哈佛大学校长、化学教授詹姆斯·布赖恩特·科南特已保证要用一种新型食物使这个星球变得不那么拥挤……这种新型食物是一口服避孕药,这样我们无须制止性交便可制止生育。"
③ 鳕鱼是马萨诸塞州的一种象征。
④ 此行原文 And suicided with a lightning rod 亦可戏解为"纷纷用一根闪光的钓鱼竿去亡命"。

挥霍浪费

亲爱的,如果你惊于浪费种子
(因很少一点种子就足以繁殖),
请在晚上用望远镜极目眺望
从而意识到在茫茫宇宙空间
正是恒星原理的挥霍浪费
才诞生出了微不足道的人类。

二十世纪五十年代初

象征意义

数字 10 的象征——
0 代表姑娘——1 代表男人——
说明在数学或寻欢中
1 会有多少次像你也许
会说的那样进入 0。
你去问问那些男女主人公吧。

1957 年

"她丈夫曾给她一枚戒指"

她丈夫曾给她一枚戒指
为了让她永做贞洁淑女。
但我说的这个公子哥儿
给她一副耳环作为诱饵。
他还送给了她一根项链
让她不顾一切铤而走险。

1957 年

预言家

他们说真理会使你获得自由。
我的真理却会使你沦为奴隶——
然而这也许正是你所希求的。

1936 年,1959 年

马克思和恩格斯

那两个包治百病的家伙,
两个精通经济学的专家,
曾让普天下人人均等,

结果不再可能冒出精英。
我这难道是在痴人说梦？
不，是他俩梦想人类均等，
斯大林因此冒得至高无上。
而有谁说过他不是精英？
在他刚登台表演的时候，
天下的精英少得可怜。
也许除开你我就别无他人。

1955 年—1959 年

"对于去星际旅行的人"

对于去星际旅行的人
他们说危险就在于细菌。
我不知火星或土星上
会有什么危险
但在金星上肯定是性病。①

1955 年—1961 年

"宇宙宏大计划之目的"

宇宙宏大计划之目的

---

① 英语形容词 venereal（性爱的，性交的，性病的）之词根即 Venus，而 Venus 既可指爱神维纳斯，又可指金星，这首小诗的诙谐由此而来。

几乎没给人的目的留有余地。

1955年—1961年

预言家像神秘家故弄玄虚
评论家则只能凭统计数据

天真的科学会以何等不屈的决心
不断地把我们的普罗米修斯精神
从这正在堕落的小小的岩石星球
射向上帝那个有密码锁的保险柜。

对一切都藐视的我们仍面临挑战。
可难道我不曾像预言家一样预言：
厌倦了环绕大阳一圈一圈地旋转，
有人就会惹是生非围着麻烦打圈。

既然我们已经发现了重力的秘密，
那不管它多大我们都能把它消去，
我们高傲的工程师们还需要什么
只要我们能抓住这颗星球的耳朵，

或是抓住南北两极，或抓住后颈，
而且只消假设我们已经无法容忍
这地球上的单调乏味和例行公事，
无法容忍这地球上只有生生死死，

无法容忍人只有这么短暂的生命，
加上我们对新发现的"轻"有信心
（重力一直都是我们的主要对头）
那我们就可以起锚解缆驶向宇宙，

让地球载着全人类来次星际旅行
（难道我不曾预言过这样的事情？）
可以让大家口头表决决定去哪里，
若吵吵嚷嚷是因为他们几乎不知

到底是该去寻觅一个科学的上苍
还是应该等到死后去上帝的天堂，
换句话说，他们不知是应该依靠
普普通通的宗教还是科学的宗教。

他们必须马上解开这个命运之谜，
像当年亚历山大砍开戈耳迪之结，①
或者说像我们的科学家劈开音障
从而超越了这个世界上所有速度。

但这个世界是如此庄重如此迷人，
我们几乎听不见它发出飕飕之声，
它那么端庄地沿着一条轨道旋转，
要强迫它脱离轨道看来实在危险。

1962 年

---

① 希腊神话中弗里吉亚国王戈耳迪打的一个难解的绳结，据说谁能解开此结谁便可统治亚细亚，后来马其顿国王亚历山大（公元前356—公元前323）用剑砍开此结。

理性假面剧
1945

理性假面剧

最纯的沙漠中一片美丽的绿洲。
一个男人背靠棕榈树席地而坐。
他妻子躺在他身旁凝视着天空。

男人:
你没睡着吧?
妻子:
没有,我能听见你说话。怎么啦?
男人:
我刚才说那棵香树又着火了。
妻子:
你是说燃烧的荆棘?①
男人:
我说圣诞树。
妻子:
我不会感到惊讶。
男人:
最奇怪的光!
妻子:
今天任何东西上都有种奇怪的光。
男人:

---

① 参阅《旧约·出埃及记》第3章第2节:"……摩西看见荆棘在燃烧但却不被烧掉。"另参见《新约·使徒行传》第7章第30节:"四十年后,在西奈山附近的旷野上,一位天使从燃烧的荆棘火焰中向摩西显现。"

没药树发出的。闻到树脂焦味吗?
希腊工匠们为阿历克塞皇帝①设计
制作的装饰品,那颗伯利恒之星,
那些石榴状饰物,还有各种鸟儿,
似乎全都和伊甸园一块儿在燃烧。
你听,镀金彩釉的夜莺正在歌唱。
没错,看呀,那棵树在剧烈晃动。
有个人被缠在它的树枝里面了。
妻子:
　　果然是有人被缠住。他出不来了!
男人:
　　他摆脱了!他出来了!
妻子:
　　　　　　他是上帝。
　　我是从布莱克的画中认识他的。②
　　这会儿他在干什么?
男人:
　　　　　　　　我想在搭宝座,
　　在我们的环礁旁。
妻子:
　　　　　　拜占庭式的宝座。

(宝座是事先制作的胶合板景片,
上帝轻轻地拉动铁链将景片竖起,
然后站在旁边支撑着它使其固定。)

---

① 指拜占庭帝国皇帝阿历克塞一世(在位期1081—1118),科穆宁王朝的创建者。
② 英国诗人威廉·布莱克(1757—1827)亦是位版画家。他曾为自己的作品以及《旧约·约伯记》和但丁的《神曲》插图,图中多有上帝的形象。

　　　　也许是为了一场奥林匹克锦标赛，
　　　　或是为了爱情法庭①。
男人：
　　　　　　　更像是为了皇家法庭——
　　　　或普通法庭，今天是最后审判日②。
　　　　我坚信今天就是。正是为此我才
　　　　放弃了自己为自己作的多种评价
　　　　而来到这里静候一种正式的裁定。
　　　　允许自己被人赞美吧，我亲爱的，
　　　　就像沃勒说的那样。③
妻子：
　　　　　　　或不被赞美。你快过去
　　　　跟他说话，趁其他人还没来之前。
　　　　告诉他你是约伯，他也许记得你。
上帝：
　　　　噢，我记得你，约伯，我的受难者。
　　　　你现在好吗？我相信你已经康复，
　　　　没感到我给你的苦难留下的遗痛。④
约伯：
　　　　真是给我的，我喜欢你坦言承认。
　　　　原来我真是个遭受了迫害的名人。

---

① 一种由贵族绅士淑女组成的团体，据信存在于法国中世纪吟游诗人时代的普罗旺斯和朗格多克地区，专门裁决男女间风流韵事引发的纠葛。
② 《圣经》中所说的世界末日，届时每个人都将接受上帝的审判。
③ 英国诗人埃德蒙·沃勒(1606—1687)在《去吧，可爱的玫瑰》一诗中叫一朵玫瑰去请求一名少女："来到阳光下，／允许自己被人追求，／用不着因被人赞美而害羞。"
④ 上帝与撒旦打赌，为考验约伯的忠诚而无端降祸于他，约伯承受巨大痛苦仍保持信仰，这段在西方家喻户晓的故事见于《旧约·约伯记》。

不过我现在很好,只是有些时候
还会隐隐约约地觉得风湿病疼痛。
疼痛停止让人无比快乐。你也许
愿告诉我们那是否就像天堂之乐,
是否逃脱人世生活这巨大的痛苦
将会给人一种放松的感觉,一种
打算要让人延续到永恒的感觉。

上帝:

会的,迟早会的。但先讲件大事。
一千年来我心头一直都牵挂着你,
总想有朝一日向你致谢,感谢你
曾帮我为所有人确立了那个原则:
在人该得和实际得到的祸福之间
不存在人类能推断出的任何联系。
美德可以失败,邪恶也可以获胜。
这是我俩提供的一个伟大的证明。
要是我早一点发现我需要的天道,
那我本应该早点说出。你本来也
可以想到,一开始就是肉身基督的
那一位应该有发号施令的权力。
我不得不等待像任何人子的圣子。
我早就应该向你表示这份歉意了,
为了在过去的那些日子里,你所
遭受的显然毫无意义的痛苦不幸。
但那就是这场考验的最关键之处,
在当时的情况下你不该理解这点。
为了有意义它不得不显得没意义。
现在一切都过去了。我毫不怀疑

> 你已经意识到你当时扮演的角色
> 是要让《申命记》①的作者出出丑,
> 是要让宗教思想的思路有所改变。
> 我要感谢你,感谢你让我摆脱了
> 人类的道德准则对我的羁勒束缚。
> 起初唯一的自由意志是人的意志,
> 因为人能自由选择是行善或作恶。
> 但我没有选择,我只能依随他们,
> 给予他们所能理解的惩罚和奖赏——
> 除非我喜欢忍受失去他们的崇拜。
> 我过去只能扬清激浊,惩恶劝善。
> 你改变了这一切。你使我能自由
> 地统治。你是你的上帝的解放者,
> 我以上帝的身份擢升你为圣徒。

约伯:
> 你听,推雅推喇②,我是圣徒了。
> 照我们的情况拯救具有追溯效力。
> 我们得救了,不管它还有啥意思。

约妻:
> 啊,在这么多年以后!

约伯:
>   这是我妻子。

约妻:
> 如果你就是我心目中设想的上帝

---

① 《申命记》是《圣经·旧约》之第 5 卷,全书共 34 章,汇集了摩西在以色列人过约旦河进入巴勒斯坦时发布的律法和诫命。
② 推雅推喇,古希腊时期小亚细亚一古城(今土耳其西部城市阿克希萨尔可见其废墟);《新约·启示录》第 1 章第 11 节和第 2 章第 18—24 节提及该城;弗罗斯特在此诗中将推雅推喇作为约伯妻的名字。

(我是从布莱克的画中认识你的)

上帝：
　　人们告诉我我一直占据最高位置。

约妻：
　　——那我倒要向你提出一项抗议。
　　我想要问问你，这是否合乎情理：
　　女预言家就应该被当作女巫烧死，
　　而男预言家们却往往会获得荣誉。

约伯：
　　除了在他们自己国家，推雅推喇。

上帝：
　　你是女巫吗？

约妻：
　　　　　　不是。

上帝：
　　　　　　当过女巫吗？

约伯：
　　有时她以为她当过，而且往往会
　　因此紧张。但她实际上从没当过——
　　据我所知，她不曾在真正意义上
　　预言过任何一件碰巧发生过的事。

约妻：
　　隐多珥的那个女巫①是我的朋友。

上帝：
　　你不能说她的情况就那么得糟糕。

---

① 《旧约·撒母耳记上》第 28 章第 7—14 节记载：扫罗王欲向撒母耳的灵魂咨询退非利士人之策，命隐多珥的女巫招撒母耳之魂，并"指着永生的耶和华起誓"说该女巫不会因行此巫术而受惩罚。

>　　我注意到当她呼唤撒母耳的时候,
>　　那先知的灵魂也只得从冥界上来。
>　　由此可见,女巫比先知还更厉害。

约妻:
>　　但她因耍巫术被烧死了。

上帝:
>　　　　　　　　这在我的
>　　记事本上没有记载。

约妻:
>　　　　　　　　唷,她真被烧死了。
>　　而我偏偏想要知道烧死她的道理。

上帝:
>　　你是在要我正好可以不给的东西,
>　　我们刚才对这一点已经达成共识。①

>　　　　　(宝座倒地,但上帝将它扶起。
>　　　　　这次他将它锁定并离开了它。)

>　　刚才的半个小时她都在什么地方?
>　　她想知道为什么现在还有不公正。
>　　我就直话直说吧:天道就是如此,
>　　而我不得不承认它就像是麦克白。
>　　我们不妨追溯一下世界开始之时,
>　　从西割之死的事中去寻找正义。②

---

① 指"在人该得和实际得到的祸福之间不存在任何联系"。
② 据《旧约·列王纪上》第16章第34节记载,希伊勒在修建耶利哥城的城门时失去了他的幼子西割;重建耶利哥城者将受到上帝诅咒,这在《旧约·约书亚记》第6章第26节已有预言。

约伯：
　　哦，主哟，让我们别去追溯什么。
上帝：
　　是因为你妻子的过去不堪回首吗？
　　夫人，在那关键时刻你做了什么？
　　你当时想怂恿你丈夫说些什么？①
约妻：
　　好，咱们把话说明白。我不在乎。
　　当时我陪着约伯，也许还指望过你。
　　约伯一边刮着脓疮一边努力回忆②
　　他曾为穷人做了什么或没做什么。
　　考验总是要看我们怎样对待穷人。
　　在某些方面，那时候国家对穷人
　　不像今天救济院对穷人这般苛刻。
　　这又是件该列入你工作事项的事。
　　约伯没干过坏事，可怜的无辜者。
　　我告诉他别刮了，那疮越刮越糟。
　　如果我说过一遍，那我会说千遍，
　　别刮了！这时，如同他体无完肤，
　　他的帐篷也全都被风撕成了碎片，
　　我每晚拾些碎片做一顶狗窝帐篷
　　为他蔽体但又避免碰着他伤着他。
　　我尽了妻子的责任。我应该操心！
　　可看上去你能做的，就是当渴望

---

① 约伯的妻子在约伯受难时曾对他说："你还要坚持你的信仰吗？你干吗不诅咒上帝然后一死了之？"（《旧约·约伯记》第2章第9节）
② 《旧约·约伯记》第2章第7—8节载："于是撒旦从上帝面前退去，开始让约伯浑身上下长满脓疮。约伯在一堆垃圾中坐下来，拾起一块碎陶片刮身上的脓血。"

公道的人要求公道时发一顿脾气。
　　　当然,在高深莫测的个别事物中
　　　压根儿就不存在什么普遍的公道。
　　　只有一个男人曾认为有这种公道。
　　　但你不会找到想当柏拉图的女人。
　　　然而肯定还有许许多多零零星星
　　　乱七八糟不成体系的天理公道,
　　　你把它们施予守信者也对你无害。
　　　你认为世人同意你可以不讲道理。
　　　想按你的意愿行事。可我不曾
　　　与任何人达成任何共识。

约伯:
　　　　　　　　　好啦,好啦,
　　　你睡你的觉吧。上帝肯定在等待
　　　一些结果和消息。

约妻:
　　　　　　　　我是认真的。
　　　上帝已有万岁,可会预言的女人
　　　几乎还是全被烧死,男人却不会。

约伯:
　　　上帝和你我一样也需要有时间来
　　　解决问题。改革者没有看到这点。
　　　她就快入睡,就快入睡。我发现
　　　只有肢体运动才能使她保持清醒。
　　　念念书给她听,她马上就会睡着。

上帝:
　　　她真漂亮。

约伯:

　　　　　是的,她刚才正在说
　　　她觉得她比出生时年轻了一千岁。
上帝:
　　　那几乎是对的。我也许已经说过。
　　　当时间被发现是种能像任何空间
　　　一样被翻来倒去的空间范围之时,
　　　你们就开始越活越年轻,是吧?
约伯:
　　　是的,我俩一下就注意到了这点。
　　　但是,上帝,我也有个问题要问。
　　　(我妻子往往爱抢在我前面发问)
　　　关于公道这个问题我需要点帮助,
　　　以免到该弄清楚时我还弄不清楚
　　　我到底该同意放弃哪些天理公道。
　　　我非常容易附和推雅推喇的观点。
　　　上帝知道——准确地说是你知道
　　　　　(愿上帝饶恕我)
　　　我已放弃了为我遭的罪讨个说法,
　　　可即便是这样我也有个问题要问,
　　　当然是悄悄问。这里除她没别人,
　　　而她是个妇道人家,对什么概念、
　　　理念、原则、原理统统不感兴趣。
上帝:
　　　她对什么感兴趣呢,约伯?
约伯:
　　　　　　　女巫们的权利。
　　　在这点上就迁就她吧,不然她会
　　　更加怀疑你不是男女平等主义者。

　　　　她总认为你对女人怀有刻骨仇恨。
　　　　吉卜林祈祷时称你为"主人之主"①
　　　　而她很想知道,要是有人祈祷时
　　　　称你为"女主人之主"你接不接受。
上帝:
　　　　　　　　　我被她给迷住了。
约伯:
　　　　　　　　　　　　这我看得出来。
　　　　但说我的问题吧。你所说的我俩
　　　　确立的东西给我留下了深刻印象。
　　　　就涉及我俩,你和我。
上帝:
　　　　　　　　　　　　要我让你明白?
　　　　你要是像哥伦布那样,没能看出
　　　　你的成就之价值,那可就太糟了。
约伯:
　　　　你说我的成就。
上帝:
　　　　　　　　　　　我俩共同探索出来的。
　　　　我会为它显示出来的任何独创性
　　　　而称赞你。我的专长是思想体系,
　　　　或者说形而上学;长期以来世人
　　　　指责在一个不变的地方停滞不前,
　　　　然而科学不停地在自我新陈代谢。
　　　　看我们已把《创世记》中流行的

---

① 原文为 Lord God of Hosts。Host 一词既有(男)主人之意,亦有"天使军"之意,吉卜林所取词义本为后者。参见吉卜林(1865—1936)《礼拜式退场赞美诗》(1897)第5、第11 和第23 行(全诗共30 行)。

科学落下有多远。但其中的智慧
仍与我当初所说的完全一模一样。
新奇性无疑依然具有一种吸引力。

约伯：
这么说是谁先想到什么非常重要？

上帝：
我对创造者的名字历来一丝不苟。
我发现凭恰当的名字我就能思考。

约妻：
上帝，是谁创造了人间？

约伯：
    唉，还没睡着？

上帝：
它显示出来的任何独创性都具有
魔鬼的性质。他创造了地狱，创造了
是所有独创性之源的错误前提，
还创造了沃尔西也许说过的那种
曾经使天使堕落的罪孽。① 至于
人间嘛，是我俩一起捣鼓出来的，
就像你丈夫约伯和我一起发现了
人类最必不可少的行为准则就是
要学会规规矩矩地服从不讲道理；
而且为人类自身之故也为我之故，
人不应该觉得做到以下这点很难，
那就是居然接受傻瓜笨蛋的命令，
在和平或战争时期，尤其是战时。

---

① 在莎剧《亨利八世》第 3 幕第 2 场第 440—441 行中，红衣主教沃尔西告诫其仆人克劳威尔："抛弃野心吧！／天使就因那种罪孽而堕落……"

约伯：
  所以人应该觉得接受战争并不难。
上帝：
  你算明白了。我能告诉你的不多。
约伯：
  真是妙极了。我是既高兴又幸运
  能够和你一道参与任何一件事情。
  照你这么说，那真是个伟大证明。
  不过顺便说一句，有时候我纳闷
  为什么这证明非得要我付出代价。
上帝：
  这种事总得有什么人付出代价。
  世人不可能把事理想透想明白，
  所以得靠演员为他们演示清楚，
  靠勇于献身勇于牺牲的演员——
  靠我能够找到的最出色的演员。
  这是你要的回答吗？
约伯：
      不，因为我还要
  问我的问题。我们总忽视原因。
  但原因始终是我们关心的东西。
  有欲望如马达，有欲望似刹车，
  而我总认为原因就是导向装置。
  似刹车的欲望不可能长期阻止
  马达。显而易见我们必须行进。
  而不论我们以何种方式向前走，
  我们都最好先说说要去往哪里；
  正如我们不论以何种方式交谈，

我们都最好让交谈有一点意思。
现在让我们就这么做。别因为
我允许你可以不给我一个说法
就以为我认为你整我没有原因。
过去我知道你有，但不是你正
给我的这个。你说这是我们俩
探索出来的。但你若恕我不恭，
在我听来这原因是你想出来的，
而且费了一番心思。在我看来
这是你在事后很久才想出来的。
除了你事后为神学家们编造的
所有那些牵强附会的托词借口，
我至少会给出一个事先的原因。
主哟，我和你一道对公众维持着
这个对谁都不负责任的门面。
但我们让公众看了什么？如今
观众已回家睡觉。戏已经演完。
这么多年之后，你又来安慰我。
我有求知欲。而且我是成年人，
我不是一个你用另一个"因为"
就能随随便便敷衍打发的孩子。
也许你最不愿让我相信，你所
有的神迹都不过是幸运的错误。
那应该是不相信上帝的无神论。
我的艺术家气质大声疾呼构思。
那种像魔鬼一样折磨人的计谋
似乎并不像你所为，而我当时
也试图认为可能是别人的主意。

但天下事事都有你在背后支持。
我当时没问,但这么多年之后,
似乎你已经可以让我高兴一下。
你当初为何伤害我?我不得不
直率地讨个说法——直截了当。

上帝:
　　我应该告诉你,约伯——

约伯:
　　　　　　　　没关系,
不想说就别说。我并不想知道。
但保守这个秘密有什么意思呢?
我就弄不明白,冷眼嘲笑世人
在他们永远也猜不出的可能性中
笨头笨脑地摸索,一个上帝
能得到什么乐趣和什么满足呢?
当托词深奥得让世人百思不得
其解的时候,那它很可能就是
其中并无什么奥秘的一番谎言。
我已开始认为所谓的深刻寓意
并不值得探求。若要深究事理,
你会发现其深处并不比其表面
有更多的东西。若深处有东西,
那也早已经就被希腊人掠走了。
我们不知身在何处或我们是谁。
我们互相不了解,也不了解你。
我们不知现在何时。不知,是吗?
谁说我们不知?谁让我们疑虑?

哦,我们非常清楚该走哪条路。
我是说我们似乎知道如何行动。
关于生儿育女的看法历来都有
种疑惑——在已经有儿女之后,
于是我们对此不知所措,除了
提醒儿女他们也许不该有儿女。
你本来可解此惑,你只消出来
直截了当毫不含糊地说上一句
是否人真有某个部分可以永生。
然而你保持沉默。任凭白痴们
因为被人迷惑之故而迷惑自己。
我已厌倦了这整个人为的迷惑。

约妻:
你不可能从上帝得到任何答案。

上帝:
我的王国,简直是造反!

约妻:
　　　　　约伯没错。
你的王国,是呀,你人间的王国。
请告诉我这是何意。这有意义吗?
也许有一天这地球会像个大鸡蛋
似的裂开,从里边孵出一个天国,
一个所有来自坟墓的死者的天国。
君王发布的一个微不足道的声明
也许会终止这种异想天开的胡说,
而且能照料那个政党议事日程上
的二十四项自由中的二十项自由。

>　或只有四项？① 我额外的二十项
>　均是免除提出问题之必要的自由。
>　(我希望你知道二十问这种游戏。)②
>　比如说，天下有"进步"这种事吗？
>　约伯说没有这种事，人世不可能
>　进步成一个易于拯救灵魂的地方。
>　它只会变成难以拯救灵魂的场所。
>　一个实验场所，世人可以在那儿
>　检验并发现自己是否有一点良知，
>　这应该说毫无意义。它完全可以
>　一下子变成天国并且胜过于天国。

上帝：
>　两人这么高声嚷嚷容易把我吵昏。
>　请一个一个地说。我先回答约伯。
>　我要告诉约伯我当初为何折磨他，
>　请你们务必相信这不会加重折磨。
>　约伯，那只是为了做给魔鬼看看，
>　完全就像第一章和第二章③所说。
>　(约伯来回踱了几步。)你介意吗？
>　(上帝不安地盯着他。)

约伯：
>　　　　　不，不，绝不会。
>　你真有人情味儿。我原来期望的

---

① 在1941年1月6日致国会的咨文中，富兰克林·罗斯福总统说："我们期待一个建立在四项人类基本自由之上的世界。"这四项自由指言论自由、宗教信仰自由、免除贫困的自由和免除恐惧的自由。
② 玩"二十问"这种游戏的游戏者分为两方，一方向另一方提20个问题（可少于20），根据对方回答的"是"和"否"来猜出对方事先选定的一个词或一物。
③ 指《旧约·约伯记》第1章和第2章。

超过了我所能理解的,而我现在
得到的几乎又少于我所能理解的。
但我并不介意。让我们由它去吧。
关键是这并不是我感兴趣的问题。
我坚持这点。但请说说混乱状态!
多么无序的一场混乱,推雅推喇?
但我认为我们觉得是混乱的东西
并不是混乱,而是形式中的形式,
大蛇的尾巴伸入其咽喉里,那是
无始无终的象征,也是万事万物
所行之道的象征,或者说是光线
如何回归其自我的象征,而这是
在引用那首西方世界最伟大的诗。①
不过我认为光线终将衰减为虚无,
由白变红至暗红,最后完全消失。

上帝:

约伯,你必须了解我激怒的原因。
魔鬼总来找我,我也会受到诱惑。
当时我几乎已没法容忍他竟嘲笑
人性之中我最最看重的那种东西。
他认为他很聪明,能够使我相信
我的信徒和他的追随者在本质上
没什么不同。都是为了追名逐利。
这世上压根儿就没有过忘我无私,
即便说有过,那也不是一种美德。
公平也不是。你听说过公平原则。

---

① 参阅爱默生《鸟列》一诗第 21—24 行:"在自然中找不到界线;/ 单元和宇宙一片浑圆,/ 徒然射出的光线将返回,/ 邪恶将祝福,冰雪将燃烧。"

　　　　它正在日益普及。他没人可指望，
　　　　那是他担心的事。我可以指望你。
　　　　我当时想迫使他承认这样的事实。
　　　　我把你交给他，但附有保证条款。①
　　　　我是关照你的。我相信在你生前
　　　　我已说得很清楚，我站在你一边
　　　　反对你那三位安慰者的错误议论：②
　　　　说什么你受苦是因为作恶的报应。
　　　　那简直是勃朗宁和清教徒的论调。
约伯：
　　　　上帝，请别说了。我现在没心情
　　　　听更多的解释。
上帝：
　　　　　　　　　我的意思是想说
　　　　你的安慰者们错了。
约伯：
　　　　　　　　　噢，那个委员会！
上帝：
　　　　我看出你对委员会没有什么好感。
　　　　下次要是你被硬塞进一个委员会
　　　　去修订《祈祷书》，那请把这点
　　　　写进去，如果书里还没这点的话：
　　　　让我们摆脱委员会。这会提醒我。

---

① 上帝两度同意撒旦去考验约伯时都说过："好吧，我把他交给你，但你切不可害他性命。"（见《旧约·约伯记》第 1 章第 12 节和第 2 章第 6 节）
② 《旧约·约伯记》第 2 章第 11 节至第 32 章第 1 节记述约伯的三位朋友来安慰他并同他一道悲伤，然后又对他进行劝告和指责，他们认为要是约伯没有犯罪，上帝就不会让他受苦。在《旧约·约伯记》第 42 章第 7 节中，上帝对这三个人说："你们对我的议论不如约伯所认识的真实。"

　　　　　我愿为你做任何合情合理的事情。
约伯：
　　是的,是的。
上帝：
　　　　　你似乎不满意。
约伯：
　　　　　　　　　我满意。
上帝：
　　你有心事。
约伯：
　　　　　哦,我在想魔鬼撒旦。
　　你肯定记得他也参与了这件事情。
　　我们不能撇开他。
上帝：
　　　　　对,我们没必要撇开他。
　　我们太幸运了。
约伯：
　　　　　有朝一日我们三个
　　应该聚到一起好好地开个庆祝会。
上帝：
　　干吗不马上开？
约伯：
　　　　　缺撒旦我们没法开。
上帝：
　　那魔鬼从来都不会远在天边。
　　他也是每时每刻在周围游转。
　　他必须出场。他该为我而来,
　　从荒芜天空一头栽下到人间。

你自己演会儿吧,我的孩子。
我想这会儿我应该回到宝座。
我发现有他在场的时候,我
最好是永远都保持我的尊严。

(魔鬼上场,像只拍着云母翅膀的黄蜂。他抬起一只手拂去他脸上一丝轻蔑的微笑。约伯妻坐起。)

约妻:
    啊,这下我们
全都到场了!包括我这个唯一要
扮演难缠的角色的剧中人物。
约伯:
  我们把她弄醒了。
约妻:
    我压根儿就没睡着。
我听见了你们说的——每一个字。
约伯:
  我们说什么来着?
约妻:
    你们说魔鬼要来。
约伯:
  她一贯都爱声称她闭着眼没睡着。
我们还说了什么?
约妻:
    这个嘛,你们
还说什么——(三男人哈哈大笑)
——什么魔鬼是上帝最好的灵感。

约伯：
> 好，很好。

约妻：
> 等着，我去拿柯达相机。
> 请你们二位稍稍靠拢一点儿好吗？
> 不——不，那不是微笑，是傻笑。
> 撒旦，你哪儿不舒服？你著名的
> 舌头呢？你这位昔日的雄辩大师？
> 你这会儿是在有教养的上流社会，
> 这儿善与恶乱七八糟地混在一起，
> 耳朵能听见各种似是而非的谬论，
> 仿佛除我们的风度外啥都不重要。
> 你看上去似乎不是相信就是害怕
> 被证明犯有比本身更重的伤害罪。
> 迄今为止什么也没被证明，因为
> 对我来说并没有这种打算，约伯
> 自己也不想去找一种方法来操心。

撒旦：
> 就像弥尔顿找来糊弄自己的方法，
> 关于他那双瞎眼。①

约妻：
> 啊，他说话了！他能说话！
> 再加把劲儿！让我尽情地听个够！
> 真像异教徒的神庙倒塌那般悦耳！
> 他在捉弄我们。喂，顺便问一句，

---

① 弥尔顿在《失乐园》第 3 卷中写道，尽管失明已关闭了智慧的一个入口，但"天国的光明哟，你会／射入我的心灵，照亮整个心房／在那儿安上眼睛……我可看见并讲述／肉眼看不见的事物"。

> 你身边没碰巧带着一个小苹果吗?
> 我在圣诞节市场上看见有一大筐。
> 你要亲手送我一个我会非常珍惜。

上帝:
> 别说风凉话了。他真不幸。教会
> 的疏忽和比喻的运用早已经使他
> 完全沦落成了他自己的一个影子。

约妻:
> 那正好说明他为什么这般透明,
> 一眼就能看透。可他要去哪儿?
> 我还以为这里要举行一番庆祝
> 活动。我们本可以玩字谜游戏。

上帝:
> 他还有他非得去处理不可的事情。
> 刚才约伯提到他,于是我让他来,
> 只是为了公正地对待他的真实性。

约妻:
> 我看他非常真实而且将永远真实。
> 请别走。留下吧,留下吧,直到
> 日暮黄昏,等一块儿演完这出剧,
> 我们将和你一道走。要是你现在
> 就走,有人将不会对你感到厌腻。
> 看哟,看哟,他压根儿没动步子!
> 他并不是真正在走,但他在离去。

约伯:
> (正站在一旁为一些新想法发呆)
> 他被卷入了那种像墨西哥湾流般
> 流过这儿的趋势,不过那趋势里

　　　　只有沙没有水。它有一种与周围
　　　　沙漠迥然不同的速度；就在今天
　　　　我还被它给绊了一下并被它绊倒。
约妻：
　　　　哦,是的,那种趋势！快离开它！
　　　　别让它把你给卷走。我讨厌趋势。
　　　　你一旦被卷入一种趋势,它似乎
　　　　马上就加速。这儿,抓住我的手。

　　　　　　　(他抓住了她的手,飞快地
　　　　　　　跨了三步,像跳离自动扶梯。
　　　　　　　那趋势——教堂中央走道上
　　　　　　　一条又长又宽的剑麻地毯——
　　　　　　　被舞台深处看不见的手驱动。)

　　　　我要你和我们一起在这宝座旁边——
　　　　我必须有你。这才是正确的安排。
　　　　这下有人会来点燃那燃烧的荆棘,
　　　　把那些镀金彩釉的人造鸟儿照亮。
　　　　我会认出那些鸟儿。希腊的工匠
　　　　为阿历克塞皇帝设计制作的饰品。
　　　　它们不会被人注意,这太糟糕了。
　　　　我也不会被人注意,这可更糟糕。
　　　　如果你们三位现在已商定好什么,
　　　　那与其都哭丧着脸倒不如笑一笑。

　　　　(《约伯记》第43章到此结束。)[①]

[①] 《旧约·约伯记》共有42章。

仁慈假面剧
1947

仁慈假面剧

> 深夜。一家书店。店主的妻子
> 拉下门上的窗帘并锁上店门。
> 一名老顾客被锁在店内,他在
> 一个陈列架跟前同店主交谈。
> 店主妻刚一转身便有人猛烈地
> 敲门,猛烈的敲门声使她回到
> 门边,仿佛要用力抵住门似的。

杰西·贝尔[①]:
  你不能进来!(敲门声)已打烊了!
保罗:
  晚了,太晚了,你现在不能进来。
杰西:
  我们不可能没日没夜地卖东西。
  他不肯走。
基普尔[②]:
    你用不着那么严厉。
  把门稍稍开个缝看看是什么人。
杰西:
  你来看,基普尔。或你来,保罗。
  今晚我们已经是第二次犯糊涂了。

---

① 下文简称杰西。
② 基普尔之原文 Keeper 可指店主、守护人、恪守(教义)者等等,通常并不作为人名,诗人在此剧中将其用作人名有多重寓意(见下文)。

这些年迈的逃亡者往哪儿逃呢？
陌生人的可怜状往往更令我害怕
而不是令我感动。

保罗：

      你可以进来。

逃亡者：

（没戴帽子，伴着一阵雪花进店）
上帝在追我！

杰西：

      你是想说魔鬼吧。

逃亡者：

不，是上帝。

杰西：

      我从没听说过这种事。

逃亡者：

你没听说过汤普森的《天堂猎犬》？①

保罗：

"我逃离了他，顺着白天和黑夜；
我逃离了他，顺着岁月的拱门。"②

基普尔：

这是家书店——不是什么避难所。

杰西：

我刚才还以为你说这是礼品店呢。

基普尔：

你别为这事不满。我就没有不满。

逃亡者：

---

① 汤普森(1859—1907)，英国诗人，《天堂猎犬》是他最著名的诗篇。
② 《天堂猎犬》第1—2行。

嗯，我可以用本书。

基普尔：

什么书？

逃亡者：

《圣经》。

基普尔：

你是想查找如何摆脱上帝的方法？
这是人们用《圣经》的经常目的——
这也是本店没有《圣经》的原因。
我们不相信一般人居然会读这书。
让他去教堂寻找他的宗教信仰吧。

杰西：

基普尔，住口。你用不着理睬他。
他自以为懂宗教，只是图个好玩。
他妈让他叫基普尔就是想要责备
他的轻浮多变：我兄弟的守护人。①
她替他取这个名字并非为了古怪，
而是出于政治目的。她告诉过我。
她参加过布鲁克农场的冒险事业。②

基普尔：

上帝干吗追你？要拯救你的灵魂？

逃亡者：

不，要让我预言。

杰西：

---

① "我兄弟的守护人"语出《圣经》。该隐杀弟后，上帝问他"你兄弟亚伯在哪儿？"该隐答曰："我不知道，我岂是我兄弟的守护人？"（见《旧约·创世记》第 4 章第 9 节）
② "布鲁克农场"是由"超验俱乐部"于 1841 年在马萨诸塞州西罗克斯伯里附近建立的一个公社性质的团体，1843 年前后曾一度成为空想社会主义在美国的中心，1847 年解散。

>   而你偏偏不愿意？

逃亡者：
> 我进来后你们没注意到什么吗？
> （你们听！）

基普尔：
>   听什么？那辆军车？

逃亡者：
> 唉，我要《圣经》并非为了查阅。
> 我只是想如果你们有一本在手边，
> 那我就可以向你们指出我的身份。
> 里边有个故事，你们也许已忘了，
> 是关于一头鲸。①

基普尔：
>   哦，你是说《白鲸》，
> 罗克维尔·肯特②写的，人人都在读。
> 放心吧，我会帮你找到你要的书。

杰西：
> 基普尔，闭嘴。他知道要什么书。
> 他说的是《圣经》。

逃亡者：
>   在这深更半夜
> 我真不想惊吓你们，让你们怀疑
> 我可能是个胆大妄为的江湖骗子。
> 我是约拿斯·达夫——但愿这有用。

---

① 《旧约·约拿书》第1章记载，上帝命希伯来先知约拿去尼尼微预言灾祸，约拿违命乘船逃走，上帝使海上风浪大作，水手将约拿抛入海中平息风浪，约拿被一头鲸吞下，在其腹中待了三天三夜。

② 《白鲸》的作者应是梅尔维尔（1819—1891）。罗克维尔·肯特（1882—1971）是美国画家，曾为《白鲸》画插图。

保罗：
> 你这等于是在说你是约拿·约拿，①
> 哈，约拿·约拿——说两遍不妥。

逃亡者：
> 请别把我的命运背景当成歌来唱。
> 你怎么会知道用此法来伤我的心？
> 你是谁？

保罗：
> 你是谁？

约拿：
> 我认为你知道，
> 你好像挺会翻译人家的名字。
> 如果我的记忆还没完全丧失，
> 这回已经是我第七次被派来
> 对邪恶的城市预言灾难将至。

基普尔：
> 你有什么理由不喜欢城市呢？

约拿：
> 上帝知道。
> 我们自己的理由也足够，不是吗？
> 这充满了城市的时代应该被诅咒。

基普尔：
> 嘿，你说话像是个农民党党员。
> 城市没什么不好，生活在城里
> 是为了受文明熏陶，熬夜读书，
> 通宵达旦唱歌跳舞，不是醒来
> 看日出，而是等着看太阳升起。

---

① Jonas（约拿斯）是希伯来语 Yonah 译成英语 Jonah（约拿）时的异体拼写。

>   乡下的唯一用处是当你不想受
>   文明熏陶时可以有个地方避避。
>   你会了解我俩,我们开店是输家,
>   在城里也是输家,但我们有勇气,
>   我们不说摘不到的葡萄就是酸的。
>   我们怪自己。我们是输得起的人,
>   你说是不是,杰西?

杰西:
>   我输不起,而且不想假装输得起。
>   应告诉你基普尔最喜欢读的东西
>   是家系记录簿,这对他才算公平。
>   当他对我来说变得太乡土气之时,
>   我就开始喝酒——至少要喝一杯。

>   (她端起空椅子上她自己的酒杯。)

保罗:
>   她要开始喝酒并看我们如何喜欢。

基普尔:
>   杰西是个公共场所的独饮者。
>   当她喝酒的时候,从不介意
>   不给身边的任何人买杯酒喝。

杰西:
>   因为我们穷。我丈夫不会谋生。

基普尔:
>   你对任何一座城市都不喜欢吗?

约拿:
>   是的,但纽约将作为一个典范。

基普尔:

噢,你这会儿正好就在纽约——
或者说正糟就在纽约。

约拿:
      我知道我在哪儿,
这就是我今晚应宣布预言的地方。
我租好了整个大厅,集合了所有
听众,然后我藏在那道布景后面,
那道注定并通知要用来发布预言
的布景。我心中充满了预示预兆,
但却没法让我的嘴吐出一个字眼。
于是我让灯光照着空荡荡的舞台,
逃到了这里,但你们却不欢迎我。

基普尔:
不,朋友,我们欢迎你并同情你。
你天公地道的义愤终于没有发作,
要不然你恐怕会遭到众人的围攻,
如果你必须说的是令人讨厌的话。

杰西:
你丧失了勇气。人生最可悲的事
就是生活中最美好的东西是勇气。
这是我的看法,好,弗拉德先生,
既然你这么提议,我想我愿举杯。①

约拿:
对不起,有人能听懂吗?

保罗:
      我能听懂。

---

① 这两行引自美国诗人罗宾逊(1869—1935)的叙事诗《弗拉德先生的酒会》第 2 节,在此节末尾,伊本·弗拉德独立于秋月下,回应他自己提出的"为鸟儿干杯"的建议。

约拿:
> 其他人不懂。

保罗:
> 　　　　　　其实你也不完全懂。

约拿:
> 有什么我不懂？这简直轻而易举。
> 我留名于《圣经》，贯穿整个故事。
> 我不再相信上帝会实现他发出的
> 要降灾难来惩罚邪恶城市的威胁。①
> 我不可能相信上帝不宽厚不仁慈。

基普尔:
> 你不再相信上帝？这可真是罪过。

杰西:
> 你这淘气的小猫，你吃不到馅饼。②

保罗:
> 基普尔是唯一神教派③的那类信徒，
> 一位论派已用逐渐排除法将诸神
> 减少为三个，再由三个减为一个，
> 他老爱想干吗不减少到一个不剩，
> 除非把剩下的一个作为假想中的
> 天父，多少使人类皆兄弟合法化，
> 以便我们在罢工时能够万众一心。

基普尔:
> 现在我们是在听这位诠释家说话。

---

① 据《旧约·约拿书》第2—3章记载，约拿最终服从上帝的指派，预言了尼尼微将被毁灭，但由于尼尼微人全城悔罪，上帝又饶恕了那座城市，此举令约拿大为不悦。
② 此行引自童谣《三只小猫》。
③ 唯一神教派乃基督教一宗派，该派认为上帝只有一体，否认基督神性之存在和三位一体（圣父、圣子、圣灵为一体）的学说。

>   你不认识保罗,他也是圣经人物。
>   他就是那个曾用神学理论把基督
>   诠释得几乎没基督教精神的家
>   伙。①
>   对他你可得当心。

保罗:
>   "当心我"是对的。
>   我要告诉你一些事,约拿斯·达夫。
>   我要使你的思想言行都合乎情理,
>   让可怜的你休息,流浪的犹太人。②

约拿:
>   我不是
>   流浪的犹太人——我是我说的人,
>   一名先知,这点有《圣经》为证。

保罗:
>   我从没说你不是。我认出你了。
>   你就是那个博学多才的逃亡者,
>   按我们的说法就是逃避现实者,
>   但你逃避的并非你以为的上帝,
>   而是他仁慈与公正之间的矛盾。
>   仁慈和公正从来就是一对矛盾。
>   可这里就是你结束逃避的地方。
>   我必须告诉你一些事,这将会
>   一劳永逸地解除你这种忧郁症。
>   我打算要让你明白,相对而言,
>   公正是多么不足挂齿无关紧要。

约拿:

---

① 《新约全书》中的许多篇什都出自保罗之手。
② 传说中在耶稣被钉死在十字架那天因打了耶稣而被罚要永远流浪的犹太人,也有传说是因他拒绝帮耶稣扛十字架。

> 我看得出你想要干什么:你想
> 剥夺我的动力,取消我的使命。

保罗:
> 我被授予权力免除你这项使命。

约拿:
> 你!你是谁?我刚才已问过你。

杰西:
> 他是我们的分析家。

约拿:
> 你们的分析家?

基普尔:
> 他照料我们书店的编年史。

杰西:
> 闭嘴,基普尔。
> 分析家是医生行当中最新的一种。①
> 他是我的医生。这就是你要问的——
> 我的医生。我有病。

约拿:
> 什么病?

杰西:
> 唉,我想什么病都有。
> 医生们说我的毛病就在于没恋爱。
> 我不爱我先前的那个医生。所以
> 我换了保罗——想试试另一个。

保罗:
> 杰西的毛病能否治愈,关键就

---

① 分析家原文为 analyst,这个词在美国又指精神(或心理)分析医生。另英语中编年史一词 annals 与 analyst 近似。

在于能否矫正她心目中爱这个
字眼的含义。她的治疗一开始
就不顺利,好像是从一开始就
找错了医家。

杰西:
  我不爱保罗——迄今为止还不爱。

约拿:
  爱上帝怎么样?

杰西:
      你让我想耸肩。
  我也不爱你,基普尔,你说是吧?

基普尔:
  别一边说这话又一边把手搭在
  我身上。真不害臊!把手拿开。

杰西:
  我有病。乔有病。这世界也有病。
  我要开始喝酒——至少喝上一杯。

约拿:
  我名字不叫乔。我不喜欢她说的。
  简直是格林尼治村酒会上的腔调——
  大都市的腔调。我要从这儿出去。
  我——定要——离去。(他引用得
   有板有眼)①

保罗:
  哦,你不能走。今晚你得住这儿。
  去锁上门,杰西。让我保管钥匙。

---

① 参见《在林间空地》第2首《离去!》第5节及其注释(第6页)。

(他自己走到门边把钥匙拿到手)

约拿:
  这么说我是名囚徒啰?
保罗:
       今晚你是。
  我们认为你是被送到这儿来求助。
  因此你将得到帮助。
约拿:
      我要打破你的门。
  我每次动身逃跑结果都一模一样。
  我登上第一条船。上帝掀起风暴。
  水手中有人把我同风暴联系起来。
  于是他们为了好运把我抛进海里,
  或照你们说的,把我抛给那头鲸——
  因我不合它胃口,于是被它吐出,
  结果又回到我所置身的麻烦之中。
  你们是现代人,所以你们想把我
  抛入的鲸口将会是某座疯人院——
  而由于我跟任何科学都不对胃口,
  所以我说不定又会从那里被吐出。
杰西:
  你这个容易被吞噬的可怜的人哟!
保罗:
  但愿你能把手从你的头发中抽出
  并镇静下来。清醒一点!我要让
  你的双臂交叉成一个十字,让它
  有两个端点支撑在地上,像苦路

上每个十字架(除最后一个)那样。①

约拿：
  那有什么用呢？

保罗：
    我会让你看到用处。

约拿：
  我像她所说已经病了。兴致勃勃
  地去发布预言，结果预言不应验，
  这使我精疲力尽。(他坐了下来)

杰西：
  你能详梦吗？我昨晚做了个梦：
  有个人拿出一把弯弯的指甲剪
  剪去了我的眼皮，结果我再也
  不能对眼前发生的事闭眼不看。

约拿：
  她遭受了某种损失，某种她没法
  从上帝接受的损失——是什么呢？
  乌托邦信仰、孩子、母亲的怨恨？

杰西：
  你看上去睡眠不足。要是他答应
  我们直接回家，我们可以不留他，
   你们说呢？
  你住在什么地方——是在城里吧？

约拿：
  住在市郊公园的露天音乐台下。

杰西：

---

① 苦路十字架一般14座为一组，按序排列于教堂中或道路旁供人膜拜，每座十字架上都有介绍耶稣受难经过的图画或塑像。

> 唷,有这种事。在这样的季节
> 那里的雪地上甚至不会有脚印。

保罗:
> 约拿,听你说不相信上帝不仁慈,
> 我感到非常高兴而不是感到悲哀。
> 这下你算站到了所有智慧的起点。

基普尔:
> 我能插话吗,保罗?——趁我们
> 还在谈宗教,还没进入哲学问题。
> 你穿的这件外套在这里惹人注目,
> 很适合你预言。我敢说你很在行。
> 难道可以说我们俘虏了一个先知
> 但却没听到任何预言就放他走吗?
> 让我们听听预言吧。在你心目中
> 什么样的毁灭将降临到这座城市,
> (因为我猜想你要预言的是毁灭)
> 是叛乱,是瘟疫,还是遭到入侵?

约拿:
> 我心目中所想到的是一场大地震。

基普尔:
> 你确信是地震有何根据或基础?

约拿:
> 那是真正的地质学——基岩断层,
> 纽约城下面的基岩上有一条裂线,
> 上帝只消用手指轻轻一碰,便可
> 使基岩裂开一道万丈深渊,于是
> 天然裂缝将抹去人类的全部劣迹。
> (他停住话头聆听)那是场风暴,
> 我们受到震撼,但那并不是地震。

我想到的另一种可能性是——

(他又停住话头聆听,他没说出的
话以手写形式从他眼前的幻灯
投射到门外上方空白处的幕布上,
就像伯沙撒的宴会上出现的情景。)①

——是巴别塔②,为写自己的书
每个人都创造出一种自己的语言,
一种把所有语言都糅合进一个人
独特的语无伦次荒谬透顶的语言。

(他重新说话,但又停下来聆听。
幕布上的字迹必须变化得非常
快,
没有一目十行的本事便没法看清。)

对征收所得税的猜疑又会抬头,
对谁会从交易中获得最多利益
的质疑有可能发展成一种疯狂。
暴民们会在街头拦住一个男人,
扯掉他的衣服好检查他的身体,
看他的皮肤上是不是开有口袋,
像钻石矿区的一名走私犯那样

---

① 《旧约·但以理书》第 5 章记载:巴比伦伽勒底王伯沙撒在其王国被围攻之时大宴群臣,饮酒时突然发现有人手在墙上写字。他请先知但以理解之,方知王国末日已到,他的死期将至。
② 即传说中的通天塔。从前世人语言相通,挪亚的后代欲建通天塔与神交往,上帝为此发怒,遂使建塔者各人操不同的语言,彼此不能沟通,无法合作,结果塔未建成。参见《旧约·创世记》第 11 章。

　　　　偷藏着令他们喜出望外的钻石。
保罗：
　　　我们都能看出你脑子里在想什么。
　　　（我不会让基普尔把那叫作宗教。）
　　　那是种危症，它被你染上，结果
　　　预言也成了你想象中的一种弊病。
　　　你是那么沉湎于爬上美丽的废墟
　　　欣赏那些古董艺术品。你早忘了
　　　人类该为之遭毁灭的是哪些罪孽。
约拿：
　　　你冤枉我了。
基普尔：
　　　　　　那就请说出一种罪孽。
约拿：
　　　我所想到的另一种可能性是——
杰西：
　　　这下他又要陷入另一阵迷糊了。
基普尔：
　　　你应坚持说地震，那有几分道理——
　　　几分当我们明白时我们就将知道
　　　　　我们会明白的道理。
保罗：
　　　（郁郁不乐地在书店里来回踱步）
　　　基普尔，你再说我可就要发火了。
基普尔：
　　　不过如果我是你的话，先知先生，
　　　我首先得更加确信我是奉命行事，
　　　然后才开始履行这项棘手的使命：
　　　不得不告诉纽约人他们注定要遭

　　　　一场老式的毁灭,像《约书亚记》
　　　　记载的约书亚毁灭耶利哥城一样。①
　　　　你不应该希望被那些夜总会嘲笑。
杰西:
　　　　或被纽约人嘲笑。
基普尔:
　　　　　　　　你最后一次
　　　　听见上帝说话是在什么时候——
　　　　我的意思是你从他那里接受命令?
约拿:
　　　　如果你们注意,我正在听他说话。
　　　　难道你们没听到一种声音。
基普尔:
　　　　　　　　　　风雨声!
　　　　那只是窗户在暴风雨中砰砰作响。
　　　　只是军车开过。一场战争在进行。
约拿:
　　　　作响的不是窗户。那是个陈列架。
　　　　是你们的古董在一个架子上作响。
杰西:
　　　　是你弄的。
约拿:
　　　　　　　不是我。我怎么能呢?
杰西:
　　　　你在对我们的头脑耍什么把戏。
约拿:
　　　　　　　我没有。

---

① 参见《旧约·约书亚记》第6章。

你们没感觉到什么？

保罗：

别让我听这些。

（他强忍住厌恶朝一边转过身去。）

约拿：

你们所有的杰作名著①都在崩塌！
你们知道上帝是个好妒忌的家伙！
他已写了一本书。别人不可再写。
他们那些书卷是怎样落在了地上！

基普尔：

只有一本！

约拿：

请别动。就让它翻开摊在那里。
当心别弄混了翻开那页。当心。
让我来看看。

杰西：

给我们读读它写的什么。

约拿：

嘿，你瞧！上帝不能教我说话。
像特鲁·托马斯惯常说的那样，
我的舌头属于我自己。②

基普尔：

---

① "杰作名著"是一项以读杰作名著为中心的教育计划，史称"巨著计划"，由美国教育家罗伯特·梅纳德·哈钦斯（1899—1977）在任芝加哥大学校长期间（1929—1951）提出，到1947年，以该计划为基础的成人教育课程在全美国设立。

② 参阅《打油诗人托马斯》第18节第1行。这是一首十五世纪的民谣，写一个叫"特鲁-托马斯"的男人。

> 如此说来
> 你是个精通托马斯主义的博恩。①

约拿：
> 你们谁来读吧。

基普尔：
> 　　　　　　不，就你给我们读。
> 若那是预言，我们要看发生什么。

约拿：
> 什么也不会发生。情况就是这样。
> 上帝要我去预言一座城市的毁灭，
> 可是哟，不，这不是约拿做的事。
> 我不愿发出这种虚张声势的威胁。
> 他可以是上帝，但我只能是凡人，
> 所以我怕当着众人的面下不了台。

杰西：
> 这是你对我宣讲的对上帝的爱吗？

约拿：
> 我所言之中丝毫不缺对上帝的爱。
> 别这么傻乎乎的，夫人。对人类
> 来说，甚至他的缺点也可亲可爱。
> 我既爱他又怕他。但我为他担心。
> 我看不出这对他能够有什么好处，
> 我是说我觉察到的他的现代倾向：
> 他居然不再惩罚所有那些不坚强、
> 不谨慎、不节约、不勤勉的行为，
> 所有我们曾认为断不可做的坏事。

---

① 亨利·乔治·博恩(1796—1884)，伦敦的一名出版商，专门出版廉价版的神学、文学、哲学、科学著作以及传道书和拉丁、希腊经典作品的译本。

基普尔：
>你知道是什么允许我们不谨慎吗？
>那种曾造成你认为的危害的东西，
>那种宣告现代仁慈已来临的东西
>便是对火灾保险的发现。正因为
>发现了失败造成的损失可以凭着
>分摊到每一个人头上而忽略不计，
>来世天国甚至从现在就已经开始。

保罗：
>你那边是什么书？这是什么？

约拿：
>别把书页弄混了。

保罗：
>　　　　　　老达纳·莱尔，
>他曾用科学使摩西五经保持一致。

约拿：
>我从哪儿开始？从我最先看到的？
>看起来这好像是开篇不久的一章。

杰西：
>这书对他太大了。请帮他拿一下。

约拿：
>你们谁来读吧。

基普尔：
>　　　　　　不，你说过你读。

杰西：
>快读吧，不然我们要开始害怕了。

约拿：
>好吧，但请记住这并非正式预言。
>"这座城市奇形怪状的钢铁骨架

会使摇摇晃晃的高屋顶互相碰撞,
使它们的混凝土垃圾凝结在街头。"
再往下边好像应该从这一段开始,
这座城市无可否认地是一种邪恶:
"哦,在不稳固的基岩上的城市,
如此有见识——但仍需要被告知
那种为你的高度增添尺寸的观念
最好是已经被迫在考虑你的深度。"
(整架书瀑布般落下)这又来了。
那怪异的建筑会倒塌,尘埃腾起。

(当尘埃落定之后,门外的布景
应该有某种显而易见的变化。)

杰西:
  天哪,我的天哪!
基普尔:
       杰西想老天垂怜。
  向你的医生下跪吧。他会可怜你。
  你干得不错,老伙计。不要泄气。
约拿:
  不是那么回事。我并没发布预言。
  这是上帝冲我来的,他试图把我
  赶出隐藏之处。这就是全部情况。
基普尔:
  它不过是对面的那家公共图书馆。
  里边全是二手书。别激动,诸位,
  对我们自己或者对任何人的末日

    大惊小怪都是一种不合适的行为。
约拿：
    这可不是我的那番话所造成的。
基普尔：
    你们知道这也许是场小小的地震。
    若是如此,明天的报纸会有报道。
保罗：
    要是我们现在已玩够了亵渎神圣,
    那我们可以回到刚才开始的地方。
    我再说一遍:我非常高兴听你说
    你不可能相信上帝不宽厚不仁慈。
    但若上帝不仁慈,你想要他怎样?
约拿：
    公正,我首先希望他能不偏不倚,
    务必保证公平的战斗真正地公平。
    然后当战斗明确无误地结束之后
    谁胜谁负的问题不会有任何争论,
    这时他方可像红十字会的救护车
    一样进入战场行使指挥官的权力,
    客客气气地让伤势过重的人离开,
    再让其他人恢复健康好重新战斗。
保罗：
    我也曾这么想。你让一切都安排
    妥当,只是为了每天看它被毁坏。
    可你应该是个仁慈方面的大权威。
    我认为,《旧约》里关于你事迹的
    那卷书应是第一篇明明白白地
    用仁慈作为主题思想的文学作品。

>　　你已经抢了福音书①的先,我说
>　　你该为此自豪。公平对待公正后,
>　　弥尔顿在他的五音步诗中又写道:
>　　但仁慈自始至终都发最灿烂的光,②
>　　你该注意到不仅至终而且要自始,
>　　这可会毁了你那个救护车的比喻。

基普尔:
>　　保罗只想说你太看重公正了。
>　　有这种东西,谁也不会否认
>　　它足以设置那种理想的陷阱,
>　　从那陷阱我们谁也没法逃脱,
>　　除非我们都舍弃自己的青春,
>　　把它留在我们身后的陷阱里。

约拿:
>　　听,你们听! 那是无产阶级!
>　　顺着大街正在过来一场革命!
>　　熄灯,我说,别让他们注意。

>　　(他熄掉一盏,保罗熄掉另一盏。)

杰西:
>　　你用不着这么嚷嚷,你这可怜虫。
>　　我们不会有事的,你说呢,保罗?
>　　这种轰动一时的事我们见得多了。

---

① 指《新约》中叙述耶稣生平的四卷书,即《马太福音》《马可福音》《路加福音》和《约翰福音》。
② 弥尔顿《失乐园》第3卷第132—134行曰:"……在仁慈与公正之中,/ 在整个天国与人间,我的荣耀都会闪现,/ 但仁慈自始至终都发出最灿烂的光。"

说来也真巧,但在你进屋的时候
我们谈论的话题正好是工人革命。
我们是革命者,或者说基普尔是。
保罗差点儿让可怜的基普尔无路
可走,他将不得不放弃他的政见
或成为一名基督徒。保罗,但愿
你再说一遍。我必须得把你的话
讲给来这儿的基普尔的朋友听听,
他们是一帮无足轻重的革命党人。
保罗会把道理讲清楚,
所以他们看上去会像基督徒。
他们多喜欢那样。保罗说保守者——
你来说吧,保罗。

保罗:
你是说关于成功,
关于有钱人如何凭着自己的逻辑
把财富和权力集中到少数人手中?
由于革命会使有钱人变穷,所以
他们只看到不公正也就不足为奇。
然而那是一种故意的不公正行为。
那是他们被仁慈之心阻碍的公正。
基普尔正在引起的这场革命运动
不过是民众仁慈之心的一次暴发,
被严格的习俗抑制得太久的仁慈——
一种向往重新分配的神圣的冲动。
要真想实现人类平等,天下大同,
从而使所谓的社会精英不再出现,
使那些能够在法庭上可笑地玩弄

公正这个概念的指定的特殊人物
　　也能站在公正的立场上嘲笑富人，
　　那就需要指望公正是绝对的公正。
　　但我们说的超越了约拿的理解力，
　　或脱离了我们所知道的他的兴趣。
　　别扯得太远，还是把话说回来吧
　　世上的确有基普尔说的那种公正。
　　不过真正重要的东西是暴力形式——
　　那种使公正突然受阻的暴力形式。
　　我们的睡眠就是一个很好的例证。
　　结果因我们总是精神饱满地开始，
　　所以此时最好的想法便是最好的。
　　世上最神圣的东西就是突然中断。
　　要是你不得不看到你的公正受阻，
　　(你肯定会看到)你想看到哪种
　　情况，是被邪恶阻碍还是被仁慈？
基普尔：
　　我们的诗人还提供了另一种情况：
　　被命运阻碍。作为一个命运不济的
　　情人，我从这三者中选择命运。
约拿：
　　我想我的麻烦就在于这转折时期，
　　此时仁慈阻碍在我看来似乎就是
　　邪恶阻碍。
基普尔：
　　说得好，约拿。这正是我所说的。
　　譬如说吧，在给伊察人涤罪之时，

他们抓了我情人并把她投入井中。①

杰西：
如果他心中正想到的是前世的我，
我淹死的地方可不是一口井，而是
一个盛马姆齐白葡萄酒的大酒桶。②

约拿：
你干吗管自己叫命运不济的情人？

基普尔：
并非我的每句话都有轻蔑之意。
有那么些人不希望你了解他们，
但我希望你对我的了解是错的。

约拿：
刚才我注意到他企图证明你是
革命者——但你当然不可能是。

基普尔：
或者说至少不是普普通通的那种。
我曾发起的任何革命都只有一个
目的，那就是要促进人事的变动。
杰克逊的那句"失败者活该倒霉"③

---

① "伊察人"是古代玛雅人的一支，曾生活在墨西哥尤卡坦半岛北部的哥琴伊察城（意为"伊察人"的井口）；他们有向"井神"献祭的习俗。

② 据一部古老的编年史记载，克莱伦斯公爵乔治于1478年在伦敦塔被溺死于一桶马姆齐酒（一种性烈味甜的白葡萄酒）中；这种说法亦见于莎士比亚的《理查三世》第1幕第4场第270行。

③ "失败者活该倒霉"是个拉丁文警句，最早出自征服罗马的高卢人首领布伦努斯（公元前四世纪）之口，美国第7任总统安德鲁·杰克逊（在任期1829—1837）开"政党分肥制"之先河，上任后大量撤换原任联邦官员，把政府公职委派给民主党支持者，面对辉格党的反对，杰克逊的拥护者纽约州参议员威廉·马西（1786—1857）引用了这句话予以反击。

或格里利的"驱除恶棍"都合我意。①

保罗：

你千万别被这种装腔作势糊弄，
从而老觉得自己比别人矮一截。
他俩是模仿杰西最喜欢的那位
诗人，(他的信条就是七种姿态)
他曾以他最喜欢的诗人思想家
的姿态，指责那位拿撒勒人②从
亚细亚带来了一团黑暗，从而
把暴力混入了雅典人的仁厚和
斯巴达人的克制。③ 希腊人对
暴力这个概念并不陌生。暴力
在他们的神话中早就存在于那
古老的混沌④，使诸神为各自的
势力范围卷入了混乱的纷争。
自亚历山大使世界希腊化以来，
暴力一直是种非常普通的东西。
即便那是基督带来的也不新鲜。
基督说了番有道理但欠妥的话，
这使其他所有暴行都犹如儿戏：

---

① "驱除恶棍"是美国1872年大选期间由自由共和党总统候选人霍勒斯·格里利（1811—1872）提出的竞选口号(他在竞选失败后不久去世)。
② "那位拿撒勒人"指基督耶稣。拿撒勒今为以色列北部城市，位于历史上的加利利地区，相传耶稣曾在该城附近的萨福利亚村度过青少年时期。
③ 参阅爱尔兰诗人叶芝的《一出剧里的两支歌》第2节第2—8行："他走过那片空间，由此造成了／加利利人的骚乱；／巴比伦的星光带来了／一团巨大而无形的黑暗；／基督被杀时的血腥味／使柏拉图式的宽容和／多利安式的克制全都徒然。"
④ 参阅古希腊诗人赫西俄德的《神谱》第115—116行："最初产生的就是卡俄斯(混沌)，其次便产生该亚(胸怀宽广的大地)……"

>　　以"宝训"为准对罪孽施以仁慈。①
>　　奇怪的是以前咋没人想到这点。
>　　那真令人愉快,它的根源是爱。

基普尔:
>　　这下我们知道你接着要说什么了。

保罗:
>　　你来说吧,基普尔,要是你已经
>　　学好了你的功课。请别不好意思。

基普尔:
>　　这是保罗永恒的话题。山顶宝训
>　　不过是一个阴谋,其目的是确保
>　　我们谁也达不到要求,②这样便
>　　好把我们全都抛到那施恩座③前。

杰西:
>　　对,保罗,有时你的确这么说。

保罗:
>　　你们全都读过山顶宝训。
>　　现在我请你们再读一遍。

>　　(他们把双手合拢作书状,
>　　然后将其凑到眼前细读。)

基普尔和杰西:
>　　我们在读。

---

① "宝训"(山顶宝训)是耶稣在加利利一座山上对门徒的一番训导,参见《新约·马太福音》第5—7章。
② 譬如"山顶宝训"要求信徒爱仇敌,为迫害自己的人祈祷(参见《新约·马太福音》第5章第44节),右脸挨打时最好把左脸也送上去(《马太福音》第5章第40节)等等。
③ 施恩座是上帝宽恕人类罪行的地方,参见《旧约·利未记》第16章第14—16节。

保罗：
    好，你们又读了一遍，
  这次明白了什么？
杰西：
      还是不明不白。
基普尔：
  一种美妙绝伦的不可能性。
保罗：
  基普尔，我很高兴你认为它美妙。
基普尔：
  一种叫人无法抗拒的不可能性。
  一种没人配得上但又没人不想
  试图去与之相配的崇高的美。
保罗：
  如此说来我们是不可能与之相配，
  但我们将不得不因不可能而悲叹。
  仁慈仅仅是针对不值得仁慈的人，
  而在上帝眼中我们都是这样的人。

    "哦，人世间的君王
    算什么，农夫算什么？
    在这儿全都一起挨饿，
    在这儿都渺小而可怜。"

  我们在此一起失败，渺小而可怜。
  失败是失败，然而成功也是失败。
  世间没有解决这问题的更佳途径。
  一个无论如何也没法达到的目的，

但你又不可能背过身去置之不理,
这就是你不得不接受的那个奥秘。
你接受它吗,约拿斯·达夫先生?

约拿:
你对此怎么说,我兄弟的守护人?

基普尔:
我得说我宁愿在森林中迷失方向
也不愿被发现身在教堂。

约拿:
     这对我没啥帮助。

基普尔:
保罗,我们争论时,我们的分歧
就在于我们接近基督的途径不同,
你更多的是通过罗马,而我更多
  地是通过巴勒斯坦。
不过让我们认真对待保罗的给予。
他那种叫人无法抗拒的不可能性。
他那种没人配得上但又没人转身
离去或置之不理的崇高的美——
我这就转身离去。

保罗:
     你这个异教徒!

基普尔:
没错,保罗,叫我异教徒吧。
好像这就是你想表达的意思。
关于成功,我不会欺骗自己,
说成功与失败具有同等价值。
它们可以证明的任何同等性

都是在同等地愚弄每一个人。

保罗：

可你呢，约拿，你的回答是什么？

约拿：

你问我是否看见远方那闪光的门，
我的回答是我几乎认为我已看见，
越过这道你们把我锁起来的大门，
越过狂风暴雨，再越过茫茫宇宙。

保罗：

嗯，现在漫游朝圣代替了逃亡，
你的亡命生涯变成了一种探寻。

基普尔：

别叫他让你看见一道太亮的门，
不然你会产生一种愚蠢的感觉。
当一阵争论的大潮汐扑来之时，
我这小小的淡水泉当然会被淹。
但当海潮不得不再次退去之时，
我可以指望我的源泉重新喷涌
而且不因海潮淹过而留下咸味。
真正的源泉不可能被污染。

约拿：

就这么回事。
你们说完了。放我走吧。我想
去那个你们让我看见的超越了
这个世界的地方。
替我打开门吧。

基普尔：

那不是出去的路。

约拿：
　　我弄不清方向了。
保罗：
　　　　　　　这是替你准备的路。
约拿：
　　那不是我进来的门。
基普尔：
　　　　　　　对，是另一道门。
　　你的出路已变成了一道地窖门。

（那扇黑洞洞的门自行敞开。）

约拿：
　　你的意思是要把我送下这地窖？
保罗：
　　你必须和每个人一样走下坡路。
基普尔：
　　你要走就走呗。
约拿：
　　　　　　　谁送我，这是
　　谁的地窖，是你的还是保罗的？
基普尔：
　　是我的储藏窖。什么，那下边！
　　我的地牢牢卒们，来接我们呀。
　　　　——没有人回应。
　　在马丁①来之前我们没多少办法。

---

① 指十六世纪欧洲宗教改革倡导者、基督教新教路德宗创始人马丁·路德（1483—1546）。

别让我吓住你了。我只是开玩笑。
这是我的储藏窖，但并不属于我。
杰西早已经把它租给了这位保罗
作为他那场拯救人类运动的基地。

杰西：
有件事情是人人都承认的问题。
心想当今世界可能会缺乏信仰，
我就把这个空地窖提供给保罗，
看他能用它做点什么来使信仰
恢复。我只是有意无意地存有
奢望。不过我们所需要的还是
有什么可信仰，不是吗，保罗？

基普尔：
杰西说的可信仰的什么意思是
某种可使人为之而狂热的东西，
狂热者为了证明其信仰之正统，
可以凭杀戮异教徒来拯救他们，
不是在战场上，而是在地窖里。
对我来说那种方法已试过多次。
我想看这世界不用此法试一试。

杰西：
这世界似乎迫切需要一个弥赛亚①。

基普尔：
你没听新闻吗？我们已有了一个，
卡尔·马克思，也是一个犹太人。

杰西：

---

① "弥赛亚"对犹太人而言指他们盼望的复国救主，对基督教徒而言则指救世主耶稣，泛指救星。

灯,拿灯来!
基普尔:
呀,这儿可不缺灯,你
就是一盏灯——漫射过我的肩头,
再从出版物和世界的花台被反射,
以便我不致被强光照得头昏眼花。
如果连人的面孔也这般光辉灿烂,
亮得(像太阳一样)叫人不能直视,
那么真理的面孔该会有多么辉煌。
我们没被赋予这样的眼睛或才智
去同时看到所有的光,光亮之源——
看到那种不可能有反智慧的智慧。
当我们认可一个上帝的观点之时,
我们规定他应该是一个能够成为
许多人的许多上帝的上帝。他在
人世的教堂应该是座罗马万神殿①。
这是我们能停止战争的最大希望。
自己活也让人家活,自己信也让人家信。
过去有人说次要的诸神只是一个
令人敬畏的上帝的诸种特征。故
圣人是上帝的白光折射出的色彩。
杰西:
咱们换个话题吧,我开始紧张了。
基普尔:

---

① 罗马万神殿是一座供奉诸神的神庙,于公元前 27 年由时任罗马执政官的由阿格里帕下令修建,公元 120—124 年由哈德良重建,公元 609 年成为供奉所有殉教者的教堂,现称圣玛利亚·罗通多教堂,但其建筑仍以万神殿而闻名。据说从其圆顶射入的光像是一种"突然的启示"。

你要做的任何大事都会令人紧张。
　　但把这再说一遍并用心思量思量：
　　我们有全部对我们有好处的信仰。
　　若信仰过分狂热，我们就会重蹈
　　覆辙，把怀疑者投入地窖火炉中，
　　像烧沙得拉、米煞和亚伯尼歌。①

约拿：
　　你们在说些什么，地窖里的杀戮——
　　这般险恶？你们在对下边的什么
　　　　人说话？

基普尔：
　　我的朋友和存货管理人，杰弗斯
　　和奥尼尔②。他们使我失望。我
　　又在逗你玩。下边没人在受折磨
　　除了一个也许自我宽恕的忏悔者。

约拿：
　　我听见一声呻吟，可能是他发的。
　　下边到底有什么？

保罗：
　　　　　　　只有个地下密室，
　　在那密室里你必须忘我地躺在
　　一幅耶稣受难像前的湿菖蒲上，
　　那幅受难像是我叫一个信教的
　　阿兹特克印第安人画在墙上的。

---

① 先知但以理的三个朋友，因拒绝敬拜巴比伦王尼布甲尼撒塑的金神像，被投入火炉中处死，但因他们信仰坚定，上帝使他们安然无恙、毫发无损地走出了火炉。参见《旧约·但以理书》第3章第12—27节。
② 指诗人罗宾逊·杰弗斯(1887—1962)和剧作家尤金·奥尼尔(1888—1953)。

约拿：
  这么说没生命危险——对我来说？
  他俩下去过吗？
保罗：
      没有真心下去过。
  如你所见，这是两个执拗的孩子。
  他们的情况不那么简单。你不错。
约拿：
  我是你的皈依者。你猜我怎么想。
  我的麻烦一直就在于我的正义感，
  而你说正义或公正其实并不重要。
保罗：
  它对你来说还像以前那么重要吗？
约拿：
  我承认，甚至在我今晚进来之前
  公正之必要性就多少已经被削弱。
保罗：
  这太好了！
约拿：
    那是我需要深思的吗？
保罗：
  什么也别深思。你得学会凝视。
  凝视天国。那儿将会有一团光。
  凝视上帝直到你的眼睛被灼伤。
约拿：
  我看不见有楼梯。
基普尔：
     楼梯就在那儿。

保罗：
　　某种残存的障碍会阻挡你前进。
约拿：
　　如果你所言是真，如果在上帝
　　眼中，胜利和失败都是一回事，
　　那怎么解释我们人类的努力呢？
基普尔：
　　说得对，约拿。我一直都这么说。
约拿：
　　改天你得跟我讲讲。你所言极是。
　　不过你这朋友也不能被完全忽视。
基普尔：
　　我说我们会留住他，直到我们从
　　他口中榨出更多关于公正的天真，
　　就像从前那位法老榨塞克提一样，
　　为了大声疾呼公正，他每天都在
　　大门外让塞克提重重地挨顿鞭子，
　　直到法律学家们记下整整一本书，
　　用来散发给他那些官僚主义者。①
约拿：
　　我现在就走。可你用不着推我呀。
基普尔：
　　我这是在扶你，以免你因失望
　　而昏倒。因为你肯定已失望了。

---

① 这个故事见于《古埃及故事传说》第 1 卷：恶人堵路，逼农夫塞克提赶驴绕玉米地而行，结果驴吃了一口玉米，恶人要塞克提以驴作赔偿，塞克提九次告官，不仅挨打，而且每次都被要求详述案情，结果其诉状竟写了整整一卷莎草纸。

(约拿刚跨上门槛,门砰的一声
撞在他脸上。这沉重的一击使他
倒在地板上。基普尔和保罗在他身边
跪下,杰西从椅子上站起来
像要过去,但基普尔挥手止住她。)

约拿:
  我想我以前也许完全误解了上帝。
基普尔:
  我们在很大程度上都会互相误解。
杰西:
  这下我们完事了,保罗。他说什么。
约拿:
  我本该警告你们,但我的正义感
  对我来说曾几乎就是一切。当它
  消失我也会消失,我当然会消失。
  饶恕我吧。饶恕我曾以为我知道。
杰西:
  他说什么?我听不见他说什么。
保罗:
  他说请饶恕他曾一直寻求公正。
基普尔:
  临死还说这话,真是个老派哲人,
  若我能发明新词,真是个老阿呆。
  我们喜欢你,你说是不是,保罗?

(保罗抓住他的手腕)

杰西：
    （仍站在一边）
我们都开始渐渐地喜欢上你了。
保罗：
  我们都喜欢上你了。（他大声重复，
但约拿没有丝毫听见这话的迹象）
基普尔：
  先前是谁说太晚了你不能进来？
杰西：
  不让他进来是因为他没说明来意！
基普尔：
  （仍然跪着，屁股已挨到脚后跟）
  但在大幕落下之前还有一件事情。
  （大幕开始落下）请等会儿落幕——
  保罗的意思，我希望死者能听见，
  保罗，我想你的意思——
杰西：
     你能站起来
  让保罗告诉你他的意思是什么吗？
保罗：
  你最好允许一个朋友试图说话。
杰西：
  哦，这儿将会有一篇悼念演说，
  而我们都是演说者。你干吗不站
  起来说你认为你的医生是何意思？
  别因跪着说教而磨坏了你的裤子。
  省下裤子祈祷时磨吧。——怎么啦？
基普尔：

(他没站起来,但注视了她片刻)
夫人,在这种时候,这种情况下!
我不会冒昧地说出杰西该去何处。
但要是这位先知的衣钵传给了我,
那我就敢说她也许应该受到照顾。
我们把我们邪恶的敌人送下地狱,
同时把我们邪恶的朋友送入炼狱。
但杰西使某些事昭然,她是对的——

杰西:
(听到这体贴的话不禁大吃一惊)
这么说我是对的。

基普尔:
      在赞美勇气这点上。
根据推论勇气是来自心间,而且
它非常高贵。但恐惧则来自灵魂。
因此我感到害怕。(灯光暗淡下来。
地窖门突然大开又砰的一声关上)

保罗:
你感到害怕的恐惧实际上是畏惧
上帝最后对你的行为做出的判决。
那是被世人写过的对上帝的畏惧。

基普尔:
可我并不畏惧因罪孽而受到惩罚。
(我只能以犯罪来证明不怕惩罚)
我对地狱并不感到害怕,就像我
不怕监狱、疯人院和贫民院一样,
而这是这个国家立国的三大基础。
但是我实在非常害怕上帝会宣称

我一直都站在天使一边进行战斗。
　　这将由他来说,而不是由我来说。
　　由我来说这该是违背宗教原则的。
　　(有时我认为你太自信你也如此。)
　　而且我能看出,我们行事之无常
　　是一种严厉的惩罚或残酷的行为,
　　这就等于不公正——除了上帝的
　　仁慈再没有什么能纠正的不公正。
　　我能看出这点,如果这就是你的
　　意思,如果我俩一致,来握个手。

保罗:
　　对,你终于从根子上找到了答案。
　　我们不得不继续在灵魂深处害怕,
　　怕我们的牺牲,我们必须奉献的
　　精华(不是糟粕也不是比较好的,
　　而是我们最好的,是我们的精华,
　　是我们像约拿一样献出的生命),
　　我们在战争与和平中献出的生命,
　　在上帝眼中会被发现不值得接受。
　　而且这会是唯一值得祈祷的祷词:
　　愿我的牺牲在上帝眼中值得接受。

基普尔:
　　让数不清的亡灵在黑暗中祈祷吧!
　　我的失败与约拿的没有什么不同。
　　我俩在内心深处都一直缺乏勇气,
　　缺乏勇气去克服灵魂深处的恐惧,
　　缺乏勇气去获取任何一点成就。
　　勇气是人需要并大量需要的东西,

因为藏得更深的恐惧是那么永恒。
如果我建议把他从地板上抬起来
放到你刚才命令他去的地方,在
耶稣受难像前,这也是出于同情,
好像我请求过再给我一次机会去
学会说(他边说边移到约拿脚旁)
只有仁慈才能使不公正变得公正。

剧　终

戏剧作品

出　路

〔农舍中一间单身汉的厨房兼卧室,有一张已摆好晚餐餐具的餐桌。

〔有人在外敲门。阿萨·戈里尔趿着拖鞋走过去拔掉门闩。一个陌生人推开房门不请自入。

陌生人　(扫视一番之后)啊!这像是那么回事。我觉得你关门早了点儿。你怕什么?

阿　萨　(用一种尖细的嗓音慢吞吞地说)啥也不怕,因为我啥也没有——没有一样人家想要的东西。

陌生人　我想吃点你的晚餐。

阿　萨　请吧,要是它合你的口味。你看清那是什么了吗?

陌生人　(仔细看了看)这是什么?

阿　萨　啊,这是前些顿吃剩的土豆和菜豆,我把它们给热了热,都有点儿混在一起了。

陌生人　我想也是。这屋里还有别的什么东西吗?那里边有什么?

阿　萨　那门早被钉死了。你进不去。这间屋就是我住的全部地方。碗橱在这儿,如果你是在找它的话。里边是空的。

陌生人　(四下走动时碰翻了一把椅子)有面包吗?

阿　萨　(颤抖着)我不明白你干吗这样闯进别人家里,好像你是这房子的主人似的。我从没遇见过这种事情。要是我真有面包,你也不该是这么个讨法。

陌生人　闭嘴!我来这儿可是有正事。这么说应该把你看成穷光蛋啰？

阿　萨　（不失尊严地）我是穷。

陌生人　你敢肯定就没有什么东西藏在床垫里面——或是藏在门被钉上的那间屋里？哦，我来这儿并不是为杀人抢劫。至少在让某件事发生之前我不会杀你。你在受到伤害之前也用不着害怕。我只想说你穷也是这件事的内容之一，如果有人打算做这件事的话。

阿　萨　听我说，这下你得告诉我你来我家干什么，不然就给我出去。你说的话我一个字也听不懂。奥林死后这么些年，我还从没遇上过这种事情。

陌生人　嘿，别跟我唠叨这些。我听说过你和你兄弟在这片树林中隐居，你们互相帮着补裤子，互相帮着理发。听我说，老伙计，我一点儿也不想叫你为难，但我得替我自己着想。我经过这里，正处于困境，于是我想到顺便来看看你，看能不能从你这儿找到一条出路。

阿　萨　这我可不知道了。即便对一个不是这么贸然闯入而且说话这么不客气的人，我也不知道我能不能帮他做点什么。我想你不可能经常打这儿经过——谁会经常路过这里呢？我不记得以前曾见过你。不过你对我倒是有所了解？

陌生人　比你对我的了解稍稍多点儿。我只是去年冬天才来南边的瀑布城，在城里的一家鞋厂干活。但我多次听人说起你。其实我今天也不完全是打这儿经过，是你的名声使我稍稍偏离了原路。你就像一个念头突然钻进了我的脑袋。

阿　萨　我这就去给你倒杯茶，趁它还没凉，我自己也想喝口茶定定神。下次你可得当心，到谁家都应该一开始就客客气气，这样你才能指望得到人家的好感……你茶里不加奶行吗？自牲口棚在九八年被烧掉之后，我兄弟和我就再也没养过奶牛。奥林兄弟就死于那场大火后的第二年。

陌生人　天哪,那你靠什么过日子——就只吃这种土豆泥?

阿　萨　这又来了!横加指责!我看不出这里边有什么让你如此大惊小怪。它哪点招惹你了?我要你吃它了吗?

陌生人　(困惑地来回踱了几步然后停下)土豆泥!没有。大伙儿都知道你每天只吃土豆泥过日子吗?

阿　萨　大伙都知道……

陌生人　该死!我的意思是说,要是你不吃土豆泥而改吃肉馅饼,人家不会怀疑吧?

阿　萨　怀疑……

陌生人　你就从来没有面包?

阿　萨　只要我烤就有,如果这屋里碰巧有面粉的话。

陌生人　你从哪儿弄钱买面粉呢?

阿　萨　我卖鸡蛋。

陌生人　哦,说到底是鸡蛋。除了鸡蛋啥也没有。天哪,这比我想象的还糟,比我指望的一星期二十美元还少,可这除了我没人会在乎。不过这倒让我注意到了一点:你有时候会去村里买东西,就是当母鸡下蛋的时候——那时候有蛋卖。看来你并非从来不买东西,也不是从来不跟人说话。

阿　萨　你这不是在可怜我吧,先生?

陌生人　可怜你?不!我是在可怜我自己。你喜欢这一切,而我不会喜欢。坐下来让我告诉你吧。我看得出你一直没用心听我说话。当你看见我在这儿时,我——我——好吧,我已不可能对任何别人耗费我的同情心,也不能替任何别人着想,而且我也不打算替别人着想。你可以相信这点。我被指控杀了一个人,眼下我正在潜逃。

〔阿萨双手捂面伏在桌子上发出呻吟。

陌生人　所以我拐到你这儿来寻求帮助。

阿　萨　哦,对这种事我可什么忙也帮不上。我从不曾有过麻烦,现在我也不想开始有麻烦。我是个喜欢清静的人。

陌生人　在这件事上我并没打算让你来选择。

阿　萨　哦,但你不可能把我拉扯进你的罪行。毕竟我从来没惹上过任何是非。

陌生人　这正好说明你……

阿　萨　你是想要我把你藏在这里。这简直没法想象!

陌生人　实际上我还没决定要你做什么哩。现在的情况是,我干了那桩事情,他们在追捕我,三天来我一直在乡下穿来绕去(不敢去乘火车),现在我遇上了你,并把你看作唯一的救星。我无论如何也要利用你,所以你最好从桌上把头抬起来,表现得像个男子汉——别像一块水淋淋的洗碗布。糟糕的是我至少在今天被人看见过一次,当时我正从树林里出来,正巧撞上一辆坐满女人的马车,我一时不够理智,没有假装没事似的继续往前走,而是躲躲闪闪地跑回了树林。这将告诉那些人我还没有走远。我得尽快想出办法,但不能想得太快。惊慌失措没什么好处。

阿　萨　除了找地方藏起来我看不出你还有什么办法可想。我今晚就让你藏在这儿。要是我只能这样做,我也只好这样做了。

陌生人　对,老伙计,你只能这样做,不然我会杀了你。杀一个像你这样不男不女的家伙也不会叫我罪加一等。把你加上也只能算是一项罪。再说啦,谁又能确知你不是一个穿着男人衣服的女人呢?……不过事情没这么简单。我不能只考虑今晚。今晚过了还有明晚。明晚我会在什么地方呢?明晚以后呢?我想让你看看这是不是一道难题。

阿　萨　我会认为你该尽可能地远离这个地方。

陌生人　很难说你懂这种事,但现在流行的是你应该尽可能藏在离犯罪现场最近的地方。

阿　萨　哦,天哪,你该不是说你想永远缠住我,在我能为你提供的藏身处度过后半生吧?

陌生人　有这可能。不管怎么说我已丢掉了切割房那份好工作。我不能回到那里,你说呢?我乐意让你在任何合理的程度上给我一点忠告。我正在考虑,要是事情像它可能的那样变得越来越糟,那我充当你会出现什么情况,我俩也许能达成协议轮流着做你,一个人躲在藏身处时,另一个人则出去伸展伸展双腿,满足一下看到村里人的欲望。这样做的危险是,多出的一个人总有被发现的可能。而且还会有许多危险。这办法绝对行不通。我只能过多地寄希望于你不出卖我。而且我俩还有可能为该轮到谁出去而发生争吵。再说轮流露面也差不多和一块儿出去同样危险。人们最终也许会看出差异,而他们对这种差异的唯一解释就是假定你是两个人,而不是一个人。

阿　萨　如果你认为有人在追捕你,那我们说话的声音越小越好。兴许这会儿他们就在这房子周围,正从窗户朝里瞧哩。那窗帘不过是一张棉布床单,当只有这边的光映上去时从外边就能看到屋里。(他边说边把那床单的边角塞好)但听我说,我突然想到,要是你能告诉我你并没犯这桩杀人罪——那我可能就不是在做什么错事了。

陌生人　我的确杀了人。这不容争辩。

阿　萨　当然——当然。不过请别告诉我。我还是不听为好。你刚才说的切割房就是你杀人的地方吗?

陌生人　你真是个怪人,不是吗?

阿　萨　我想我是。

陌生人　啊,对啦,我脑子里一直在想,你肯定就是波士顿一家报纸上写过的那人,我不久前曾读过那篇写遁世者生活的文章——就在我来瀑布城之前。记得有什么人像这样把纸笔拿在面前来拜访过你吗?或者他只是躲得远远地把你写了一番,就像有些人描写北极那样?如果你真是他写的那个人,他可是借你的口把遁世隐居大肆渲染了一番。让我想想,他说你什么来着?——恋爱受挫?

阿　萨　你听说过那事,很有可能。

陌生人　我听说过一些事情。

阿　萨　关于这事,可以说那个恋爱受挫者就是奥林。他曾和一个姑娘订了婚,可那姑娘让他等了不下十五年,然后却嫁给了另一个男人,因为她不愿来住进这所房子,除非奥林同我分家,或是买下我那份财产并把我赶走。但奥林不想赶我走,我也不想离开他。

陌生人　如此说来,你并不是真正偏爱这种生活方式?我的意思是说,你当初开始过这种生活并非出于选择,并非像一个人宁愿进卫理公会而不愿进洗礼会或东正教教堂那样?

阿　萨　很难说我曾进行过选择。

陌生人　现在我想了解的是你怎样看待事物——如果你对事物有看法的话。

阿　萨　比方说?

陌生人　嗯,比方说有女人来加入谈话,你会怎样看她们呢?你会讨厌她们吗?

阿　萨　我几乎没有同女人说话的机会。

陌生人　那么要是你看见女人会如何反应呢?掉头跑开?就像我今天看见那车女人时一样。

阿　萨　很难说我会不会跑开。我倒宁愿不面对面地遇上她们。

陌生人　很好,这点我们已经清楚了。你认为这世界很糟糕而且一切都很荒唐吗?

阿　萨　考虑到所有那些凶杀谋杀和乌七八糟的事情,它当然不像它应该的那样好。它真的很糟吗?你说。

陌生人　我曾在报上读到,有个住在像你这儿一样偏僻的农场上的男人有一种古怪的宗教信仰,他相信每晚脱鞋上床时闻闻自己鞋里的气味便可恢复白天消耗掉的精力。还有一段文字说他没有小

戏剧作品

母牛是因为太阳"在他腿里"。"在他腿里"——真是疯话。你说呢？你看我对此已有所了解。那个人在夜里能看见有三座城市把光射向天空，作为一个畏惧上帝的人，他管它们叫"平原上的城市"①。在他看来，人们让城市越来越亮是想违背自然天道把夜晚变成白天。根据现在雷暴不断增加，电灯电线招来的雷击毁坏越来越多，你不难判断上帝对此事的态度。这完全合乎情理。不管怎么说，那老家伙只盼着某天夜里上帝降下场雷暴，让那些城市在蓝色的火焰中化为灰烬。

阿　萨　太可怕了！

陌生人　这事还没有发生呢。我想你脑子里也许有一两个这样的念头。但即使你有"你"也不会知道。

阿　萨　我肯定不赞成像闻自己的鞋味那样的教义。

陌生人　你听说过人家说你喜欢清纯无邪、如诗如画的树林、原野和野花吗？

阿　萨　很难说我听说过。

陌生人　我猜那只是十足白痴的一种怪癖，想来应该不难模仿。我原以为避世隐居的人自己总得有个什么说法。但我那样以为可能是我不喜欢读文学作品的缘故。你并没有足以使隐居生活显得很有趣的想法。那个记者说你有，但他是在撒谎。我敢说他从没到过你方圆五英里的范围内，因为他害怕离你太近就会编不出那个故事。但使我困惑的是，当你进行自卫时对别人都说些什么，比方说有牧师来告诉你，说你没有权利过这种隐居生活。你通常是怎样打发他们的？

阿　萨　都好久没有人来打扰过我了，我差不多已经忘了曾说了些

---

① 指被上帝诅咒并毁灭的罪恶之城所多玛、蛾摩拉（见《旧约·创世记》第19章第23—25节）和押玛、洗扁（见《旧约·申命记》第29章第23节），这些城邑均坐落在摩押平原（今约旦河平原），与琐珥城（又称比拉城）一道合称《圣经》时代的"平原五城"。

279

什么。

陌生人　我敢说你是忘了。

阿　　萨　奥林懂得怎样叫那些人少管闲事。

陌生人　奥林跟你相比肯定是个人物……我想要是我能正确地理解这些表面现象——哦,还有一件事,同什么人有交往吗?

阿　　萨　不,正如你也许会说的,不。

陌生人　给什么人写信吗?——对啦,你的笔迹!这么匆匆忙忙的,我肯定会忘掉什么。有笔吗?这儿有个铅笔头。写在那个纸板盒盖子上。什么位置都行。就写你的名字。写上两三遍——好吗?——既然它已不再值钱了。什么——你写的什么?阿谢·戈里尔。原来是这么回事:好像我记得就是阿谢·戈里尔。(一阵若有所思,然后他走到窗口撩起窗帘朝外张望)那片松树林是你的?

阿　　萨　这太离谱了,先生,越来越对我刨根问底。你不该有时间来这么打扰我——如果你正在逃命——如果你真是你说的那种人。

陌生人　不必为我担心。你很富裕,你这个老滑头。你拥有那些木材,而你不愿动它们。装穷叫苦,嗯!你简直和下一个主人一样是个双面人。我早知道只要我努力,就一定能找到对付你的办法,从而使我白手起家。你想把那片树林留给谁?留给什么继承人?留给我?

阿　　萨　你这些话是什么意思?

陌生人　我的意思是说我应该把你杀掉,让这一切都归我所有。

阿　　萨　(失声道)我刚才不应该认为你像你看上去那样爱开玩笑。嘿嘿。

陌生人　阿谢,我认为你是个坏种,和其他所有成年男人一样不值得怜悯……至于我的年龄,我的体型,我要做的就是稍稍瘦一点,让腰弯一点,让嘴巴朝外噘一点,让眼睛朝下垂一点。听着,把桌子往后挪挪,照你刚才看见的我踱步的样子来回走走。这是命令,不是邀请。快走……我要感谢你脚上穿的玩意儿——是双拖鞋?

我怎么知道它们不是我做的呢？我会把我的鞋送给你的。

阿　萨　哦,我不需要鞋。至少我通常都爱光着脚走路。我只在去取木柴时才趿上拖鞋。

陌生人　喔,木柴。你怎样取木柴？用手推车？

阿　萨　不,我拖它们进来,一次拖两根,一个腋下夹一根。我只砍那些枯死的树——

陌生人　(走到一根床柱前)这些是什么？换洗衣服？夹克衫？(将其与阿萨身上穿的衣服比较)外套？(又比较)看着我！(穿上夹克衫和外衣)点一盏灯。你干吗不点灯呢？

阿　萨　哦,我不愿点灯！我会让炉门开着。我可以多添些木柴。再说这也该是我上床睡觉的时间了。

陌生人　今晚我会让你上床。但既然有人相陪,我打算让你比通常晚一点睡。现在请看着我。(他开始在屋里走来走去。阿萨跌跌撞撞地为他让道)细声细气地说话也并不困难。(此后他说话多少是用的阿萨那种拖长了的尖细嗓音)现在我希望你允许我教你做件事,你也许会觉得好玩,也许会被弄糊涂。我打算像你把土豆菜豆混起来那样把我俩也弄混,然后看你能不能分辨出我俩谁是谁。我要采用的方法是像这样拉着你的手和你一块儿旋转,直到我俩都头晕目眩地松开手倒在地上。别反抗,也别嚷嚷！我现在还不会伤害你——现在还不会。只是我必须让我们都有点兴奋,这样对你我就容易一些。等我们倒地之后,我希望你一定要等到能看清楚时再开口说话,并设法说出谁是他自己,谁是另外一个人。稍等一下。

阿　萨　饶了我吧。我现在知道你是谁了,你是从疯人院里逃出来的疯子。

陌生人　那你最好是顺着我一点。(他把阿萨的手抬得更高,两眼盯着他。炉火燃得更旺,火光不均匀地映在他俩身上)老伙计！

阿　萨　怎么啦？

陌生人　我正在想——

阿　萨　想什么？

陌生人　老伙计,你幸福吗？

阿　萨　哦!

陌生人　你幸福吗？你活着有什么目的吗？天哪,难道你就从没对自己提出过这样的问题——你可是拥有过那么多时间？我不该对你抱有这种希望。这得等我进入角色以后再来加以纠正。哦,好吧。

阿　萨　(失魂落魄地望着他身后的门)我从来就不愿意相信希望。

陌生人　这正是我要告诉你的!这恰好说明要是你不去拥抱生活,生活干吗要来拥抱你呢。我应该想到像你这种处境的人大概只能抱这种想法。我知道我应该想到。你也应该想到,要是你读过一家星期日周报想让你读的那么多的文章的话。但我不再有必要理解你的想法。来吧!一、二、三,转!转呀,该死的!别停下。加快……加快!

〔阿萨一边旋转一边呻吟。陌生人也发出呻吟。那双拖鞋从阿萨脚上脱落。过了一会儿他俩分开,双双倒在地板上呻吟。

第一个说话者　我知道。我没有失去记忆。你是那个杀人犯!

第二个　(歇斯底里地尖叫)我不是!(他想爬起来,但又重新倒下)

第一个　你就是!这下我再也不怕你了。你必须从这里滚开。上帝会给我对付一个恶棍的力量。

〔第二说话者一阵狂叫,身子往后一仰晕了过去。第一说话者冲他脑门狠狠击了一拳,然后把他拖过地板出了屋子。一时间屋里空无一人……

〔一声重重的敲门声。又是一声。房门被推开。门口探进几个脑袋。

一个声音　上床啦,阿谢？他的火还燃着。他不可能走远。喏,他回来了。(那位独居者气喘吁吁地推开众人进到房里,走到桌后转过身来望着众人)阿谢,我们在追一个人。你看见过他吗?

阿　萨　看见了又怎样?他来过又走了。

一个声音　走了多久?往哪儿走的?

阿　萨　走了不到五分钟。穿过树林走的。他正拉我出去想把我杀掉,这时听见你们过来,他便转身逃走。我追了一阵没追上,所以就回来了。他都干了些什么?

一个声音　你真没用,阿谢。

另一个声音　你怎么对待他的,使他想杀你?

阿　萨　你们该赶紧去追呀。(他用拳头猛敲桌子)

一个声音　应该留个人在这附近转悠,好随时照料一下阿谢。

〔他们一阵商议。门缓缓地被关上。那位独居者等众人一走便扯下脚上的袜子扔进火中,接着从地板上拾起那双鞋也扔进火中,然后他轻轻插上门闩,站在门后偷听。

某人　(片刻之后,好像是再次经过时扯开嗓子喊道)晚安,阿谢!

独居者　(匆匆跳上床,以便将脸贴着枕头回答)晚安。

剧　终

在一家艺术品制造厂

〔一间库房般的雕塑室,从污秽不堪的大窗户透进微弱的光线,街灯的灯光在四壁上映出一种波纹状图案。除一字排开的三尊用布罩着的塑像外,室内几乎再看不见什么。随着钥匙在锁孔里的转动声,一道门被打开,托尼牵着布兰奇从黑洞洞的楼梯间进来。他丢掉燃尽的一根火柴,重新划燃一根。

托　尼　站在这儿别动,等我找到煤气灯。这儿就有一盏——我曾知道的最糟的一盏。(他划燃又一根火柴凑近墙头,最后终于找到了那个煤气灯喷嘴)

布兰奇　(见火苗成一根蓝色的火柱嘶嘶作响)哦,这不行!

托　尼　还没修好。灯罩也不见了。晚上从来没人用这地方。(他关小气阀使嘶嘶声减弱)

布兰奇　这儿真冷,托尼。

托　尼　那就把门关上。

布兰奇　我怕去关——那就看不见街上了。外边比里面还暖和些。(她还是关上了门)

托　尼　(打开散热器但不见有动静)不管用。没热气出来。我想除了该死的克赖尔,现在没人会睡在这幢楼里,他眼下是一文不名。你认识克赖尔。你当然认识。我都忘了。你替他那尊《守护基督遗体的马利亚》当过模特儿。

布兰奇　托尼!(她走向煤气灯喷嘴下靠墙的一把椅子)

托　尼　你还不得不让该死的皮斯利仰卧在你怀中,好让他的一根根肋骨突出。而皮斯利当时一边说话一边吸烟。

布兰奇　我讨厌那样。

托　尼　哈,这我们全都知道。但皮斯利并不讨厌那样。而且那几乎使你虔诚了一阵子。当时你天天都去望弥撒,酝酿创作情绪。

布兰奇　我总得想法子酝酿点情绪。但我讨厌那样。

托　尼　该死的是我现在还讨厌那样。该死。

布兰奇　我看你今晚对什么都特别讨厌。

托　尼　这你算说对了。至少我讨厌这种制造艺术品的方式。(他不停地来回走动,仿佛他是被关在一个笼子里,他和她之间隔着一道栅栏)

布兰奇　那你干吗拽着我走过半座城,深更半夜里来到这个鬼地方？

托　尼　为了让你拥有一段好时光呀,尽管我自己不能拥有。替别人的幸福着想是我的天性。

布兰奇　那么请你带我回家。

托　尼　等一会儿,布兰奇。(他走到三尊塑像中间那尊跟前揭开其罩布)

布兰奇　嘿,托尼,你犯什么毛病了？(她用力使他转过身来面对她)我可不愿再看见你这副模样。

托　尼　我没有毛病。

布兰奇　你生我的气了吗,就因为刚才我说模特儿应该得到所有荣誉？

托　尼　荣誉！算了吧,你以为我会在乎谁得到荣誉？

布兰奇　托尼,出了什么事？

托　尼　我还真有点想告诉你。

布兰奇　那就告诉我吧。

托　尼　你看上去很通晓事理。但这是一件很难理解的事。

布兰奇　告诉我。

托　尼　不,我要让你自己想到这件事。你也许永远也想不明白——其实我可能也想不明白。

布兰奇　那就带我回家。

托　尼　等我再最后看一眼我这尊《可知她的芳名》,趁她现在还属于我,趁坎贝尔还没来把她据为己有。让我再看她一眼,告诉她我对她怎样评价。

布兰奇　这么暗的光线你也看不清楚。

托　尼　(他往烟斗里填满烟丝并将其点燃,若有所思地站在那尊塑像前面)布兰奇,我希望你也来看看——看我所看见的——趁它还没被抹去。过来呀,亲爱的。(她顺从地走到他身边)那个坎贝尔很快就会来,很快。那个坎贝尔就要来了——明天。他将穿上他的工作衫。他将站在她跟前,像一名拿着解剖刀的外科医生。他将把手伸向这堆黏土。稍稍修饰一下,于是她就将具有坎贝尔风格。她就将具有民族风格。她就将具有商品价值。她会变得身价百倍,以致她要是在运输途中受到损坏,坎贝尔就会要求赔偿并得到十倍于一条生命赔偿的赔偿金。这可真比皮格马利翁①还划算。她将被赋予浪漫色彩。她将会被丢失。今晚她是我的。是我创造了她。她真可爱。

布兰奇　我想她就是伊夫琳·戴斯吧。跟她做爱呀。我才不在乎哩。她都被美化得叫人认不出来了。

托　尼　她在某种程度上是被美化了。她被改变了。我就希望如此。她被塑造得比伊夫琳更真实——不是更漂亮。

布兰奇　哼,我早把这一切看透了。你们这种人的技巧,想证明你们对我们什么也不欠。

托　尼　哦,亲爱的,我们欠你们很多,但我们欠你们的不能具体到哪一件作品。

---

① 皮格马利翁,希腊神话中的塞浦路斯国王,他爱上了自己用象牙雕刻的少女(伽拉忒亚),爱神阿佛洛狄忒见他感情深挚,便赋予雕像以生命并让她成了他的妻子。

布兰奇　既然她这么可爱,你干吗不把她抱走,把她当成你自己的作品拿去展出?

托　尼　而且把她卖掉,然后用那笔钱来结婚。

布兰奇　或是去巴黎寻找更理想的模特儿。

托　尼　可我真想卖她吗?她难道不是太……?

布兰奇　美——你说出来呀。

托　尼　对,美,要是你明白我用这个字眼的意思就好了。你会说"美即真"①但美也可以就是美。世上既有真之美,也有美之美。

布兰奇　我倒想知道我有哪种美。

托　尼　后者是一种特殊的美,我们发现它独立于一般人在青春、健康、模特儿——

布兰奇　谢谢。

托　尼　珠宝、时装以及坎贝尔的雕塑中所见到的美。啊,坎贝尔总知道他真正想要什么——而且总会得到。他代表着某种我们不得不承认的东西。

布兰奇　我曾以为他是你们的业务经纪人——仅此而已——他把你们的灵感推向市场。你们创造出作品,他把作品卖掉。

托　尼　说到这点,我一直都表示同意那家伙的雕塑室计划。但是我撒谎了。我并不相信他所说的。我说我相信时其实我并不相信。凡是从这里出去的作品都令人绝望地变成了坎贝尔的,而我正是为这点不能原谅他。若照正常的出售方式,我毕竟可以卖掉我创作的任何作品。我不是个傻瓜,是吧?创作出作品让他来买是一回事,可创作出作品让他去倒卖却是另一回事!今晚之前我从没想到过这点。我想我是病了。

布兰奇　我倒觉得坎贝尔是在可怜你们。

托　尼　我猜他也是这么想的。他每天付我们十美元。与这座城市

---

① 语出济慈《希腊彩瓶颂》第49行。

的大多数年轻艺术家相比,我们倒是少一些陷入贫困的危险。他把这地方称为他的"天才收容所",或叫作什么"无名艺术家之家"。

布兰奇　托尼,如果你允许我说的话,一个男人最值得夸耀的特权就是下地狱也走自己的路。你现在是一个被人豢养的奴隶。

托　尼　我知道我应该自己去闯一条新路。她应该是我在这里的最后一件作品。但我不知她是否会是最后一件。我将不得不采取某种行动,不然就必须保持沉默,不是吗?

布兰奇　她是你最好的作品吗,托尼?

托　尼　看,布兰奇。(他猛地转向煤气灯)我知道。(他从一个角落取出一堆报纸,开始把它们卷成纸柱并揉皱)

布兰奇　你想干什么?把她点燃?把她烧掉?

托　尼　(他在煤气灯上点燃一卷报纸,像举火炬似的举过头顶凑近那尊黏土还没干的塑像)她太完美了——我永远也做不出比她更好的塑像。

布兰奇　她旁边是什么?是别的什么人在这儿塑的什么吗?(她边问边揭开另一块罩布)

托　尼　那是件报废的作品。别揭开遮脸的罩布。回到这边来。(他从快燃尽的纸火炬上点燃另一卷报纸,把燃剩的那卷扔在地上用脚踩灭)

布兰奇　我喜欢她,托尼。你管她叫什么?她是个女神吗?

托　尼　不。男子气概在不朽的神中达到其顶点,但女人味在凡女身上才表现得最充分。男神比男人强,但女人比女神好。这就是那些男神总不放过凡间女子的原因。她就是你。

布兰奇　再加上其他许多女人。

托　尼　哎,布兰奇,别事事都抬杠。如果女人在我们脑子里相混,我们会很遗憾。这尊塑像的可爱之处百分之百是你。

布兰奇　(急切地)坎贝尔会把她怎么样?

托　尼　以他那种魔鬼般的灵巧，他用不着做太多的修饰。他只消像国王治瘰疬一样轻轻触一下。① 那轻轻一触就会使这塑像完全成为他的。但我想知道我能不能看出他的手会落在哪里。把那片嘴唇改动一下——你明白我说的哪里——这儿。对，我敢说就是这儿——一想到这我就害怕。或是改一改眼皮，让它们更相像。哦，我说不准。反正我留下的任何一点瑕疵，在他手下都会变得完美。一般说来，他会把你从塑像中完全抹掉。(他扔掉火炬，没有点燃另一支)

布兰奇　我们就没法阻止他吗？

托　尼　我们不能带着塑像逃走。它太笨重。我们有可能会被警察盯上。

布兰奇　我明天去找坎贝尔，我会主动地拜倒在他脚下，所以他不会以为我是去勾引他，我去这样向他请求：行行好吧，坎贝尔先生！

托　尼　此前我一直都很想去求他饶了我，可他也许看不出会有什么可饶恕的。

布兰奇　你应该认为一个杰出的人能够看出。

托　尼　坎贝尔能看出的只有美——在我看来是缺陷、是悲剧因素的地方。

布兰奇　你知道有人怎么说吗？

托　尼　谁说什么了？

布兰奇　嗯，朗福德说意大利到处都是坎贝尔可以雇到的这种工匠，虽然他们都比米开朗琪罗当年认为的好工匠更优秀，但他们却不了解更优秀的艺术家。

托　尼　布兰奇，你这是在乱弹琴。我知道朗福德是怎样说的，他说：只有艺术家才能看出艺术家与工匠之间的区别，而工匠却永远不能。朗福德此说当然是对的。

---

① 瘰疬即淋巴结核，旧时西方人迷信此症经国王触摸一下便可痊愈。

布兰奇　但这却有点难以解释——你明白我的意思吗?

托　尼　不。

布兰奇　它把艺术家的确定性与工匠的确定性相对。你怎么能确定哪种确定性是确定的呢?

托　尼　(打量了她好一阵)你能。

布兰奇　哈哈,就这些?

托　尼　就这些。(他专注地盯着那尊塑像)布兰奇,如果你的职业需要你知道个究竟,我可以告诉你怎样判断我是个真正的艺术家,而不只是一个工匠。你可以用所罗门国王判断谁是真正的母亲那个办法——威胁说要把孩子劈成两半。① 如我觉得这塑像仿佛就是我自己的血肉。莱文和罗布森之流可以站在一旁看人家随意处置他的作品。你损伤他们的作品不会使他们感到疼痛,就像你用剪刀剪他们的头发他们不觉得痛一样。但你会使我感到疼痛。所以你最好别告诉我该如何如何修改我的作品,更不用说你自己亲自动手。让你们的评判见鬼去吧!不管是你的还是其他任何人的。我创作出一件作品,你要么接受,要么走开。这就是你我之间的全部交往,布兰奇。我不是一个工匠,这一点我是对的,而你错了。按我的行为方式我能断定你是错了。我从不按推理和感觉做出判断。我总是以自己的行为方式进行判断。

布兰奇　废话,亲爱的,你知道我知道你是个艺术家。我可不愿像这样被你抛开。(她一边说一边往他身前凑,但他横移一步避开了)

托　尼　你几乎是自己把自己抛开了。这事我越想越确信你是错的。

布兰奇　别说了。

托　尼　为了因讨好别人而得到的好处,我情愿对自己抱有适当的怀疑,可到头来——

布兰奇　别说了!

---

① 参见《旧约·列王纪上》第3章第16—27节。

托　尼　使你生气的是我对自己怀疑得还不够,还不足以满足你母亲般的关怀。

布兰奇　是的,托尼,你的确信心不足。刚才在街上时我难道没对你说,别带着你的怀疑来找我。那些怀疑是你的,不是我的。对,先生,我最知你的根底。在你相信你自己之前我就相信你了。

托　尼　哦,那我们在谈论什么?

布兰奇　我不知道,托尼。我想我俩都把先前的话题忘了,你说是不是?

托　尼　不,咱俩谁也没忘。你刚才正在说——

布兰奇　不,我没说。

托　尼　——我的作品——

布兰奇　——被认为不同于克劳森①的作品。(她揭起一块罩布)

托　尼　放下!我不允许你揭开那些罩布。让我们离开这些偶像吧。它们全都是偶像。这就是它们这类艺术品的定义,偶像崇拜——像异教徒似的机械地复制古老的艺术形式——生搬硬套地复制美的形式。但说到艺术性从何而来:坎贝尔认为来自他,你们模特儿认为来自你们,因为复制的是你们摆出的姿势——至于我——我认为这该死的一切都来自报纸。人们用星期日艺术专栏中那些艺术复制品和吹捧文章凭空虚构出艺术家及其艺术。(他用卡尺量量布兰奇又量量塑像,以验证塑像的比例)

布兰奇　我们摆姿势。你刚才可是亲口说这百分之百是我。

托　尼　(做了个认可的手势)你是我的贝雅特丽齐——我的安·拉

---

① 大概指风景及肖像画家乔治·克劳森爵士(1852—1944),他曾是伦敦皇家艺术学院教授,著有《艺术的目的和理想》(1906),绘画作品包括《回家路上的拾穗人》《农夫的早餐》和《冬日小景》等。

特利奇。不过为此你就得消失或者死去。①

布兰奇　你会发现杀死我比爱我更容易些。

托　尼　啊,多么伤感!

布兰奇　托尼,人家说你身上还有一种外国佬的味道,可我偏偏为此而爱你。你说话用的字眼跟我们不同。而且你说话的意思也跟我们理解的不一样。有一次也在这间黑屋里,你跟我说坎贝尔是个罪犯。

托　尼　他是个开艺术品制造厂的罪犯。

布兰奇　哦,阴险的托尼!

托　尼　但我告诉你,你说我不是我作品的唯一创造者,这点你说错了。两个人不能生下同一个孩子是条不证自明的公理。

布兰奇　嘿,我还以为生孩子非两个人不行呢。

托　尼　母亲。我是说母亲。两个母亲不能生下同一个孩子。现在你给我听好。我得把这一点跟你讲讲清楚。

布兰奇　这没什么需要讲清楚的。

托　尼　你今晚说话一直露出破绽,好像你不知对一名艺术家该说些什么似的。这可是对一位社会名流下的定义——一个不知对艺术家该说些什么的人。只有一个人曾中肯地谈论过我的艺术——但那些话是我教他说的。有时候我出于任性想惩罚自己,我就教他说些不该说的话。听听从通用电气公司到通用汽车公司那些老板们是怎样谈论艺术的吧。你读到过他们中的一位在那所著名大学的毕业典礼上是怎样说莎士比亚的吗?他说在我们这个时代,像莎士比亚那样伟大的人自然会作为一个工业巨头取得成功,而不是作为一名诗人。他还说多亏现在的执政党使这

---

① 贝雅特丽齐,但丁《神曲》中一位理想化的女性,她常以恋人、长姊和慈母的形象出现,教诲、批评、鼓励并救助但丁。安·拉特利奇(1813—1835),一名早逝的美国少女,亚伯拉罕·林肯在新塞勒姆租房居住时房东的女儿,人们长期误传她曾与林肯订婚。

个国家够富裕,所以才能追求一点精神价值。精神价值。

布兰奇　我读过那段话。当时他正在佛罗里达州为一座火箭发射塔举行落成仪式。有些字眼该获得版权保护,以免被居心不良的人滥用。我赞同你说的这些。

托　尼　唉,我真讨厌房地产经纪人用美这个字眼。

布兰奇　我们将不得不用法律来禁止他们使用,就像我们曾禁止他们喝酒那样。①

托　尼　他们每次使用这个字眼都是对缪斯的一次冒犯,至少是对美惠女神的冒犯。那帮该死的笨家伙。

布兰奇　你又说偏了。你在乎的并不是他们笨不笨,而是他们滥用那些对他们来说毫无意义的字眼。他们有他们自己的一套东西,可他们想伸过手来把我们的也拿去。

托　尼　美国的定义就是……

布兰奇　我看你今晚对什么都想下个定义。真正需要有个定义的是你自己。

托　尼　你给我下一个。你不能。

布兰奇　我总知道一点。我比你自己还清楚你到底怎么啦。

托　尼　你认为我怎么啦?

布兰奇　你觉得坎贝尔对作品的修饰是种盗窃行为。

托　尼　我试探着说这说那。我总得找某事或某人对我的痛苦负责。

布兰奇　要是我说出你怎么啦,你会给我什么呢?但你不会相信那是我的。

托　尼　是泳装美人说的。

布兰奇　让我猜两种可能。

托　尼　干吗要猜两种。

布兰奇　因为不止一种。首先,你对你作品过分的爱已到了尽头,你

---

① 美国于1920年至1933年曾实施过禁酒法。

正在经受一种反应。这种耗精竭神的爱使你情绪低落。

托　尼　再猜。

布兰奇　其次,你太女人气了。这是你内心的情绪失控,产生于女性害怕被利用的心理障碍。你正在变得粗鲁,像一个要担负起丈夫职责的女人不得不变得粗鲁一样。你多少正在被人接受。在某种程度上,我们才刚刚开始让这个世界接受我们。有时我们必须要进一步的被接受。而这被认为是经受痛苦。

托　尼　听起来你一直在那篇小说中虚构的某种东西好像还真有指望似的。它怎样实现呢?

布兰奇　它正在实现。

托　尼　拿我当原型,就像我用你做模特儿。公平交易。嗯?但听我说,布兰奇,要是你愿意听忠告的话,在我看来,你的文学抱负没有多大希望。为了你好,我希望它落空。不过你怎么知道你刚才说的那些。

布兰奇　那是你说的。

托　尼　什么时候?

布兰奇　今晚和其他时候。甚至刚才。

托　尼　我没说过。

布兰奇　你等于是说了——因为你曾说你的毛病就是过分挑剔,难以讨好。你老记不住,你说的事情太多。我的任务就是注意听,等你说出正确的话,然后抓住你要你承认说过。你知道吗,我并不认为你恨坎贝尔是因为他真把你的作品改了多少。

托　尼　说他改我的作品纯粹是我的虚构。他几乎从来不碰这些塑像。可我为什么撒谎呢?为什么要编造故事呢?不错!我是想让我洗手不干了。

布兰奇　不管怎么说,与动你的作品相比,我注意到你更介意的是他那些话。他口口声声把这些塑像说成是他的。

托　尼　天哪,他什么时候会开始说这尊塑像也是他的呢?但说他那双手一无是处也没有用。真是全都拿去也不嫌多。

布兰奇　他拿去的方式就是剥夺你的所有权。

托　尼　不错,而且他这还仅仅是开始。我明白你刚才那番话了。一名艺术家需要被公众接受,公众越多越好。但他会因公众的误解而感到愤激。他得强忍住不要向公众表露他的怨愤。我会相信你这番话。我想我会的。

布兰奇　这是你的话。既然你明白这点就好了,不是吗？(她试图止住他不安地走动)

托　尼　天哪,我不知道。(他抬起一条弯曲的胳膊,仿佛示意什么似的)

布兰奇　托尼,你想说什么？

托　尼　我正在经历变化。(他猛然从她身边跑开。没燃火炬的时候,煤气灯光中他俩的身影模糊不清)

布兰奇　关于我？不！

托　尼　这就像蛇蜕皮——或像狼人重新变成人。(他打了个趔趄,单腿跪下)

布兰奇　托尼！

托　尼　我什么地方痛得厉害。

布兰奇　我爱你,托尼。

托　尼　这世上没人能像我这样意识到对我的爱。

布兰奇　托尼,你让我感到害怕。(她一边说一边移到他与门之间)你干吗带我来这儿？

托　尼　我不会把你怎么样的。

布兰奇　托尼,振作起来。我要使你振作……

托　尼　我在这儿还有什么没做的呢——除了在这儿杀掉你——或是让你看着我自杀——一切都过去了。我将不再会孤独。我被永远剥夺了。我已变得平庸。我的与众不同将不会再来烦扰我。只是对我的作品(他几乎是哭着说)得有人找到适当的话说——

找到适当的事做——而且要快,不然我没法再忍受这种焦虑。不过刚才太可怕了。

布兰奇　刚才你哪儿痛?

托　尼　不是心痛——肯定不是。也不是头痛(他摸了摸头)我不知痛处在哪里,也许在这条胳膊。

布兰奇　我刚才对你说错什么话了?

托　尼　我不知道。

布兰奇　但现在好点了吗?

托　尼　我想是的。那是一种狂怒——一种无以复加的狂怒。刚才我拿你出气了吗?(她回到他身边,他站起来并让她拥抱,不过他两眼盯着那尊塑像,不愿完全转过身来)那不是冲你来的。

布兰奇　这我知道。

托　尼　(沉默好一阵之后)我觉得它还没完全平息。

布兰奇　你觉得它很可怕?

托　尼　我只想让你明白这点,布兰奇。

布兰奇　好啦,好啦。(他猛地离开她去点又一支火炬)亲爱的,依我看你只好放弃这尊塑像,但拿定主意不让这种事再发生。以后你创作的每一件作品我们都留给自己。谁都不能碰一碰,谁也不能说三道四。

托　尼　告诉你吧,这我不能容忍。如果这尊塑像不得不被毁掉,至少我可以在坎贝尔之前自己动手,难道不是?

布兰奇　可我还以为我们曾断定那不是坎贝尔。

托　尼　不,我们没有断定,是吧?

布兰奇　我认为断定了。托尼,等一等。

托　尼　等你一拐过那墙角,我就是一名整形大师。让我们把这儿弄得更亮些。(他点燃又一支纸火炬)你拿着。举高点。我就是那个替美容香皂美容手术做广告的人。我会修整招风耳和朝天鼻。免费咨询。我该把她弄成啥模样。快告诉我,趁我还没做出什么会使我懊悔的事情。我要不要给她加点风味,就像你们作家给名词加形容词一样?我给她加点爱尔兰风味好吗,就像乔治·穆尔的朋友们替他的散文加上那种风味一样?

布兰奇　别说了,托尼,你这个外国佬。

托　尼　她父母都是爱尔兰人,所以她也是爱尔兰人。

布兰奇　你已经做到这点了。你已经做到了。

托　尼　你的口气就好像我没能在一天内重建耶路撒冷挣下一天的工钱似的。天下没有不能修复的东西。(她扔掉快燃尽的火炬)当心你的裙子。再点上一支。(他点燃一支递给她)拿着,等我把这事干完。我就是那个为使女儿不被君王强暴而把她杀死的罗马父亲。(他从口袋里掏出烟斗插进那尊塑像的嘴里,然后猛地打掉布兰奇手中的火炬)来,快走!(他俩朝门外冲去,但托尼又转回来熄掉煤气灯。布兰奇跌跌撞撞地下楼梯,她鞋跟叩击台阶的声音伴随着她的尖叫声。出去关上门后,托尼又再次冲进屋里扑向那尊塑像,观众可听见湿黏土发出砰的一声巨响。他大喊一声)谋杀。(然后开始往外跑,但在门边又气喘吁吁地转过身来,好像还会有更多的攻击和破坏似的)

　　　　　　　　　　剧　终

守 护 人

五场话剧

人 物 表

亨利·道,一个能说会道的乡下人,六十多岁
理查德·司各特,一名能言善辩的研究生
蒂特科姆教授,理查德的老师,年龄比理查德稍长
丽达·罗比,一名在伐木区长大的少女,年龄与理查德相当
查尔斯·罗比,丽达之兄
苏格拉底·罗比,丽达和查尔斯的父亲(未出场)
塔格和吉尼,伐木工
众伐木工

第 一 场

〔房间内景,靠墙有一张木桌、一个大旅行箱和一口竖放的小箱子。房间有一道很宽的没刷油漆的护墙板。时间是傍晚时分。幕启时亨利·道(一个瘦小但结实的六十多岁的乡下人)和理查德·司各特(一个城里小伙子)正试图通过舞台后部的一道门把一个填充得太满的床垫推进房间。

亨　利　使点劲儿稳住。我俩这样推会使它鼓胀得更宽。你从上面爬过去,从那边往里拽。(理查德依计行事。亨利·道和床垫一起朝前跌进房间)先别管它,让我们慢慢来。你气都喘不过来了。不过就像你刚才所说,你要是能早点到这儿也许会好些。

教　授　(拿着毛毯和一篮子生活必需品进屋)别让他吓唬你,理查德。

亨　利　新到一个地方总会感到不放心,除非你睡觉之前能有机会四下里看看。你写信来租这房子时我就想把这告诉你。但我后来让汤姆·蒂特科姆给你回信,因为可以说是他使咱俩相识。据我所知,他曾是你的老师。

理查德　在某种程度上现在也是——你说呢,教授？

教　授　我说不准,理查德,我不知对你而言我现在是什么,因为你已成长为和我一样的平等主义者,我们都在追求全人类的幸福。

理查德　咱们暂时不谈这些大事,老师,如果你不想要我整夜都睡不着的话。你的话就像一声声警报。

亨　利　你打算陪这小伙子在这儿过他的第一夜,是吧？

教　授　不,亨利,理查德会没事的。我现在得回家吃晚饭了。

理查德　你走之前我必须告诉你我为民主政体新下的一个定义,趁我现在还记得。民主政体不过是又一种政府形式,一种上层阶级认为它可以给予下层阶级同时又继续统治他们的政府形式。

教　　授　　理查德,你现在激进得像一袋胡萝卜。在即将到来的革命中,我将首先选你当那些长期失业者的青年领袖。

理查德　　(当蒂特科姆教授出门时)当心你的措辞,如果你不想被人听懂的话。

亨　　利　　我啥也没听见,而且即使我听见了,我也不会去告发你们。

教　　授　　(回到门口)还有件事,篮子里有个我妻子为你做的大蛋糕,你可用它做个实验并一劳永逸地明白,你能把两者兼得①的情况维持多久。我把你交给亨利了。遇到任何事都别惊慌。你的工作已安排好等你去做。记住,科学研究要善于利用一切机会。现在对你的全部期望就是取得了不起的成果。哦,对啦,要是有什么事不对劲儿你别喊叫,我们都住在几英里外的地方,听不见你的喊声。你要勇敢些,像我历来所知道的那样棒。再见。

亨　　利　　其实这儿对你并没有什么危险。我可不愿瞎猜会有什么事不对劲儿。不过你仍然应该知道你会遇上什么事,因为这才是明智之举。这半山腰周围是一片旷野。我们差不多每年都会遇上熊和野猫什么的。你想把你的床摆在哪个位置?

理查德　　就摆在靠后那个角落,你看呢?

亨　　利　　要睡在这床上的是你。但如果那是我的话,我倒想把它摆在这边抵住另一个房间的门,这样就等于给这道门上了一把锁。

理查德　　那就摆这边吧。不过你用不着吓唬我,因为你会发现我什么都不怕。

亨　　利　　啐,我可一点儿都不想吓唬你。我只是希望别因为我的疏忽而使你受到什么伤害。不妨告诉你吧,我这么便宜就把房子租给

---

① 英谚 You cannot eat your cake and have it 之字面意思为"你不可能吃掉并拥有同一块蛋糕",喻"两者不可兼而得之"。

你,原因之一就是我想让你来照看——照看——好吧,我想说的是照看这所房子。

理查德 (把他抬着的床垫那头往下一搁)照看这所房子?

亨　利 对。哦,我并不是说我找不到人手。我选你而不选别人是因——嗯,好吧——因为根据我所了解的情况,我认为你不会把这座房子烧掉——就因为这个。我的意思是说你不会有一大帮爱热闹的朋友来陪你喝酒。我认为你是个不大爱喝酒的人。

理查德 我不大喝酒。

亨　利 好!我就知道我相信你没错。不过连苹果酒也不喝吗?因为你要是喝的话,我可以请你喝一杯。我有些陈年苹果酒,就在我们脚下的地窖里(他一边说一边跺了跺脚)。都好些年岁了——和你的年龄差不多,但愿你不是太重要的人物,不介意我这样刚一认识就开玩笑。

理查德 (亨利·道想拍拍他的肩,但他抽身避开了)我不喝,谢谢。(困惑地在床前站了一会儿之后)这垫子是不是塞得太胀了?(他边说边爬到床垫上)

亨　利 我故意为你塞那么胀的,这样就不能说你花的这25美分不值了。我想跟你说说这张床。前两夜你别指望在上面睡个好觉。也许需要三四个晚上才能渐渐适应。但无论如何你会适应的,你身子这头肯定会比脚那端更快被压实,这样会使你睡觉时脚比头高,解决这问题的诀窍是每天把床垫打个颠倒,直到你使它平得像块木板。

理查德 (摊开身子躺在床垫上)而且硬得像块木板。

亨　利 可到那时候你也变硬了,所以你不会注意到床硬。

理查德 那我白天把旅行箱压在上面行吗?

亨　利 不——行!我可不希望那样!你身体的重量不会使干草失去弹性。可你这口箱子却会把草压板实。里边都装些什么,这么沉?

理查德　全是书,道先生。

亨　利　难怪你看上去这么精瘦。现在请听我说,虽然我让你来这儿是照看我这里的一切,但这丝毫也不意味着你就不需要照顾好你自己——尤其是这又是你第一次住在野外——如我所认为的一样。我相信你不会没带上一件什么武器。

理查德　我碰巧带了支小手枪,不过我倒一直认为我没必要带它。要是收拾行李时没把它落下的话,它应该就在这儿什么地方。呢?
(一阵翻寻之后他从旅行箱里找出手枪放到地板上)

亨　利　嘘,你管这叫手枪?简直是个装饰品。这枪管是空心的吧?它真不是一件玩具?

理查德　我可不会小瞧它。我想它装有子弹。

亨　利　恐怕挨你一枪也就像被蜜蜂蜇了一下。我本想提醒你的。不过如我所说,我现在考虑的是你。

理查德　你都担心些什么?

亨　利　我只是希望你多多当心,毕竟是独自住在这连医生也叫不来的半山腰。我是想要你当守护人,但你首先得保护好你自己。你现在必须成为你自己的保护人。在接下来发生的事情中,你能依靠的就只有你自己。

理查德　见鬼,道先生,这到底是怎么回事?不会是夏克斯·蒂特科姆在唆使你捣什么鬼吧?

亨　利　没什么要紧的事。只是这把手枪将会和你一样管用。听见什么声音吗?

理查德　我想我听见了马蹄声和大车的声音。

亨　利　肯定是我那匹马在下边蹬蹄子。

理查德　不——

丽　达　(出现在门口)亨利·道,你女儿要我给你捎个信儿,叫你回家。(她转身欲走)

亨　利　她在哪儿——

丽　达　我看见她在罗宾斯镇的铁匠铺里。

亨　利　是吗,我明天会回家的。多谢你捎信儿。

丽　达　反正我把信儿捎到了。(再次转身欲走)

亨　利　等一等,姑娘。你刚才从哪条路来——上山还是下山？我敢说你是从山上下来。有人派你来把我弄走。他们的又一个花招。可你来得太晚了。看看我请来的这位年轻人,今后我没法守夜时他会接替我的位置。这位是丽达·罗比小姐——这位是……

理查德　(朝前走了一两步)理查德·司各特。

亨　利　这下你们那帮人该认输了吧？

丽　达　呸！

亨　利　好好看看他,看呀！这样你回去就可以告诉他们他是否很胜任这件工作。他可是大学里的运动健将。

丽　达　亨利·道,你是个傻瓜。(她离去)

亨　利　我惹她生气了,因为我不相信她说我女儿要我回家。

理查德　(走到门边)她是谁？她干吗往山上走？我还以为过了这房子就没有人烟了。她是谁？她往哪儿去？(他高声道)说呀！

亨　利　嘿！你可别冲着那姑娘身后喊叫,要是你不想那帮人都来找你麻烦的话。她从山上来,现在正回山上去。她是在山上长大的。

理查德　可我一直以为我这儿就是路的尽头。夏克斯·蒂特科姆告诉我,你说过了这房子就只有松鼠跑的路,通往树梢。

亨　利　我已经开始渐渐学聪明了。我最好是现在就告诉你真实情况,免得你以后说我没警告过你。从山下到这座房子恰好是整整四英里。往下走一英里是艾弗里那家小店,当我离开女儿自己给自己放假时,一般都在那个地方。不过我女儿似乎需要我,不是吗？平时我一靠近酒桶她就会抱怨。告诉你吧,年轻人,我是个老派的酒鬼,一喝就喝得很厉害。但我反对有人说我喝酒误事。我曾在这座小房子养育了一大家人。而且把他们养得很好。不过这倒是真的,为了这些没从你看见的那条路运下山的老酒,我有时会溜回这儿一待就是一星期。这使我在众人面前丢脸。可我不能凡事都忍受,谁也不该要我忍受。(几乎是声泪俱下)

理查德　你应该跟我说说那个姑娘。

亨　利　那姑娘挺不错的。糟糕的是她所属于的那帮人,她应该替他们感到羞愧,可她并不。对此我得替她说句话,她维护她父亲和哥哥可算是有胆量。

理查德　你是说她的家人很糟糕?

亨　利　家人!那不是一个家庭。那是帮过去的伐木工,他们的伐木场早就没树可伐了。

理查德　他们不正派?

亨　利　这我不该说,因为我不知道。但据镇上的人说,曾有个卖安全别针的小贩上山误入了他们的营地,从此就再也不见踪影,但那帮人衣服上该有纽扣的地方都缀满了安全别针。山上几乎没女人替他们缝缝补补。

理查德　是群杀人犯,嗯?

亨　利　注意,我可没说这事就千真万确。即便你相信也没有必要这么说。

理查德　我开始看出点名堂了。夏克斯·蒂特科姆肯定不会认为他能把我弄到这儿来做一次犯罪调查。我猜想你与那帮人发生过冲突。

亨　利　他们是不喜欢我。但这跟你毫无关系。不过我还是想告诉你:你可以时不时练练你的枪法,让他们听见枪声,这对你不会有任何坏处。据我所知这不会吓住他们,但也许有助于使他们把你当作成年人来尊重。

理查德　你是说练习打靶?

亨　利　在你有空的时候。还有一句话也许对你有帮助,要是你居然开始同他们交谈(当然我希望并相信你不会),你可以给他们讲任何你可能在波士顿做出的英雄壮举,不管你的吹嘘有没有道理。我这并不是说我期待他们会成群结队地来找你。你觉得刚才听见什么动静吗?

理查德　也许是你的马。

亨　利　你随时都可能听到他们中的什么人在周围活动。他们是出名的夜猫子,因为白天他们没干多少活儿。

理查德　那姑娘是他们中唯一的女人吗?

亨　利　她哥哥查尔斯会照顾她。她父亲拥有那个锯木场。

理查德　她干活儿吗?

亨　利　她能像男人一样使用平头搬钩。据说她还会嚼烟草。

理查德　但她不嚼。

亨　利　她会的,如果她想到要嚼。

理查德　但这并不说明她要嚼。你也没说她要嚼。

亨　利　既然她不,很难说我该说她要。

理查德　我就说她不。她念过书吗?

亨　利　念过一阵子。我想要是他们没受过教育,你会看都不看他们一眼。

理查德　我并没那样想。我只是想弄明白,在这种环境中她的生活会是怎么回事。

亨　利　你真不想在我走之前陪我喝杯苹果酒?要是我再来一杯你不会介意吗?也许我会有一阵子不上山来——如果我能做到不来的话。(他点亮理查德那盏崭新的提灯,从屋里的一道门往下进了地窖。理查德留在屋里若有所思地摆弄那支手枪)

理查德　(在旅行箱上坐下来)嘿,道先生,道先生,你还在下面吗?哦,没事。我只是忽然想知道你情况怎样。你慢慢喝吧。那是你的酒。——这下怎么啦?你伤着了吗?站在那儿别动,我这就给你送火柴来。

亨　利　(举着已熄灭的提灯从地窖出来)我猜你刚才以为我嘴里含

着酒桶龙头在下面睡着了,就像婴儿睡在母亲的怀里。我只在下边醉过一次,在潮湿的地窖里躺了整整一夜,结果引发了我在萨拉托加战役时染上的风湿病。我的麻烦是心太大了,我宁愿自己一口喝干地窖里的苹果酒,也不愿让那帮家伙尝到一滴。但有些事你不得不委托给别人。我意识到了这点。我既不可能把所有苹果酒全部喝光,也不可能老留在这儿守护它们;这就是我渐渐明白的道理,也是你住进这房子的原因。达到这个地步花了些时间,但不管是好是歹,现在我总可以在没有证人的情况下委托你来守护脚下的这些酒。你愿意接受这个委托吗?

理查德　我明天就离开,叫你傻眼。你和夏克斯·蒂特科姆不是认为自己挺聪明吗?

亨　利　其实蒂特科姆教授对此并不知情。你现在是因为生疏感而激动,脑子里充满了想象。《圣经》说"要表现得像个男子汉"①,我说别表现得像任何人。不要放弃。别当懦夫。海恩斯牧师说我的意思和《圣经》的意思一样。

理查德　(搀着他出门)你最好走吧。

亨　利　(迟钝地)我必须见鬼去吗?

理查德　我可没那样说。你最好是回家去见你女儿。

〔理查德一边留神倾听屋外的动静一边非常缓慢地脱下一只鞋,这时大幕降下。

第 二 场

〔一个多云但有月光的夜晚,理查德的小屋外,月光映出两扇遮暗的窗户和中间的一道门。(小屋位于舞台左边深远处。)

---

① 参见《旧约·撒母耳记上》第4章第9节,《新约·哥林多前书》第16章第13节。

> 两个偷偷摸摸的身影正在屋前来回爬动。其中一个退后一段距离(到舞台右前方),在一块尖石旁拼命地打手势叫另一个离开房子,但他没出声。他拎起一只空空的镀锌铁皮桶,随即又把它放下。两人站在尖石旁盯着那所房子。

吉　尼　他肯定在屋里。他撕了张被单来做窗帘。

塔　格　我敢说他出去了。难道傍晚时我没看见他下山去艾弗里的小店?

吉　尼　他肯定已经回来了。难道我没听见到九点钟时他还在打枪?

塔　格　别傻了!他在屋里会不点灯?

吉　尼　不点灯。

塔　格　见鬼!我从本顿来时他就没在打枪。

吉　尼　想必是枪管打热了暂时歇歇。他肯定在屋里。

塔　格　好吧,我这就去弄清他到底在不在屋里。你留在这儿。(他蹑手蹑脚地溜到房子跟前,用石头沿木纹在外墙板上一阵刮擦。屋里没有回应声,但窗口很快就亮出了灯光。塔格退了回来)

吉　尼　我告诉过你。

塔　格　干得他妈的漂亮!亨利·道会认为他把我们给骗了,是吧?

吉　尼　我真希望我们上次离开地窖时拧开了所有的龙头,把他那些苹果酒全都放干了。

塔　格　你要希望也希望点有谱的事。我只希望我们已弄到一桶酒,从我说的那条通道。当心!(随着屋里一声沉闷的枪响,他俩突然弯下身子躲到尖石后面挤作一堆)听,听见吗?那小白脸儿以为他在干什么?

吉　尼　战争已结束了!——不!还在打。至少他还不是在向我们开火。我们还没挨枪子,别像挨了枪子似的这样趴下。

塔　格　他在打什么?

吉　尼　打靶呗。听那声音。像是一个旧炉盖。

塔　格　那么小一个玩意儿，他几乎不可能枪枪都打中。

吉　尼　那就是个炉门——从山下那所废弃的学校里捡来的。

塔　格　你知道我怎么想吗？他是在练习枪法——也许是在军队里学的一手。他打枪跟你我毫无关系。

吉　尼　谁说跟我们有关系啦？

塔　格　他练枪法真是不分白天黑夜，只要他碰巧醒着或想到要练。——他现在像是练完了，你看呢？

吉　尼　如果我觉得他子弹打光了，我就会冲进屋去将他活捉。

塔　格　你捉住他对你又有什么用处呢？

吉　尼　对他这种年龄的小伙子，你切莫凭相貌做出判断。

塔　格　我得再去替那房子呵呵痒。反正要呵得他睡不成觉，直到他不得不另找地方过夜。（他又溜过去像先前一样用石头刮墙板。理查德又开始打枪。塔格退回藏身处）这次他好些枪都没打中你说的炉盖或炉门。继续打吧，孩子，只要你觉得好玩。夜里的有些声音你能解释清楚，所以不害怕；但对你没法说清究竟的响动，你就只有硬着头皮给自己壮胆了。

吉　尼　这会儿又没动静了。

塔　格　我敢说他是被烟熏昏了，窗户关得那么紧。别给他时间喘息，我们得让他继续折腾。争取今晚就得手。你敢打赌说他不会明天一早就急着要回家吗？再给那房子呵呵痒。（他又溜过去像先前一样如法炮制了一番，但这次没有结果。他退了回来）你看是怎么回事，吉尼？他玩腻了？

吉　尼　他也许上床睡觉了，以为我们是寻食的豪猪在弄得屋角发响。

塔　格　像他那样的外地佬见过什么豪猪？你应该听到过丽达是怎样说他的。

吉　尼　我听她说了。

塔　格　她说她最先看见他，所以他是她的。你看这样行不行，我们过去在墙上猛敲一下,看他做何反应?

吉　尼　那你可得当心,塔格。我怀疑他一直躲在什么地方监视我们。

培　格　他熄灯的那会儿已有足够的时间意识到危险。照现在这样他从屋里看不见我们。该你干点什么了。一直都是我在折腾。你从这边过去猛敲一下。出了任何事都由我负责——哪怕是把房子敲垮。

吉　尼　好吧。(他溜过去冲着房子猛敲了一下,震得窗户咯吱作响,然后他嘻嘻笑着回来)

塔　格　闭嘴!他要听见你笑今晚就算白来了。我们不当真你也甭想指望他会当真。(理查德又开始打枪)如你所说,他果然在屋里,而且还活着。砰!砰!但我想他任何时候都可能出来,哪怕是出来透透气。他迟早会憋不住的。(这时一块窗玻璃哗啦一声被打破)哇!(他俩弯下腰往后退)唉,这下再也不能放心大胆地来弄苹果酒了。

吉　尼　现在他会做什么?去捡哪些碎玻璃?

培　格　当心!你拖着一只大脚去哪儿?(吉尼后退时一脚踩进空桶,拖着它咣当咣当地退了几步。塔格在他身边躺下。两人竭力忍住笑)这阵咣当声会使他怎么想?

吉　尼　打破了窗户——这下他该瞄准月亮消耗他的子弹了。

培　格　罗比老爸回家来了。听那辆马车的嘎吱声就知道车上坐的是他。(一声猫头鹰叫)听,是查尔斯。来得正是时候。这下有救了!(他回以一声乌鸦叫)

查尔斯　你们干吗不弄到酒就回家?

培　格　这与其说是来弄酒,不如说是来逗乐。

吉　尼　亨利·道弄了个波士顿小伙子来住在这屋里。

查尔斯　老爸叫你们别去动那些酒,除非你们既能弄到酒又不惊动任何人。

吉　尼　不惊动任何人！老爸在下边吗？

塔　格　我看今晚我们最好饶他一回。

吉　尼　我正要提议去对着窗户破洞嘘两声吓唬吓唬他呢。

查尔斯　(起身离去)跟我走吧。

吉　尼　我们得去给那小伙子说声晚安。

塔　格　趴下！快趴下！他在朝外看。(理查德的头出现在窗帘与窗玻璃之间)别动。(理查德缩了回去)

吉　尼　你就不该留神？躺着别动。

〔理查德穿着睡衣出现在门口，一手拎着提灯一手握着枪。他茫然地四下张望了一阵，然后赤着脚战战兢兢地走了出来，故作镇静地绕着房子走了一圈，最后又回到门口。他步子迈得很大，但那种缓慢劲儿足以表明他在竭力控制自己。(房子在舞台深远处，所以这个片断中的理查德可用一个半人大的木偶代替。)

塔　格　见鬼！要是查尔斯能看见就好了。

吉　尼　不过他不是冲着任何具体的人来的。我想那是波士顿人的惯用伎俩，以此来消除他们想象的恐惧。

塔　格　他进去时比出来时动作更快。

吉　尼　而且他进去后还检查了一下门锁。不过他仍然表现得很好。好啦，这下他感觉好些了。他吹灭了灯。我想他可以上床睡觉了。

〔塔格和吉尼站起身来拂了拂身上的尘土。塔格捧起空桶假装喝酒状。吉尼凑过去夺桶，口中嚷道："给人家也留一口。"他俩打闹着下台，此时幕布落下。

第三场

〔上午晚些时候，理查德坐在小屋门口晒太阳。他的头发洗过梳过,但除此之外他身上再没有一丝上午的朝气。他耷拉着脑袋,胳膊肘压在双膝上,不时打个哈欠,揉揉眼睛。过了一会儿,仿佛是想驱散沉闷,他做了个不耐烦的手势,然后把身子探进屋去拿什么东西,只剩下两只脚露在门槛外。他拿出的原来是那支手枪,枪管上有划痕,枪口还插着一块玻璃碎片。他清理好枪管,对着光瞧了瞧,接着从口袋里掏出子弹装上,然后漠然地让握枪的手垂在身边。他举枪朝一只飞鸟瞄准了一阵,但没有开火。他终于起身从屋里取出个很大的黑色空瓶,将其置于院子里一块冒出地面的花岗石上,然后后退几步并举枪瞄准。但意料之中的枪声并没传来。他的食指离开扳机后做了个扣扳机的动作。然后他愁容满面地掉头去看屋后的山。

丽　达　(在幕后一声惊呼)啊! ——

理查德　(转身时可笑地打了个趔趄,差点儿朝握枪的一侧跌倒在地上)我都干了什么?

丽　达　(出场并放低了嗓音)你这个家伙!(他俩对视片刻)你以为你在干什么?(理查德看看瓶子又看看手枪)你差点儿打中我的脑袋,真是毛手毛脚!(理查德迷惑地一手指石头一手指大路的方向,同时拼命摇头,想说明两个方向完全不同)没用。你差点儿打中我了。

理查德　那肯定是子弹拐了个弯。事实上我并没开……

丽　达　可子弹开了。

理查德　事实上我并不认为我刚才开了火,是吧?但不管怎么说,要是我真开了火,我希望你别太在意。

丽　达　我非常在意!

理查德　可你看上去并不在意。

丽　达　(扑嗤一笑)厚脸皮!听着,我哥要下山来找你谈谈。你俩可

别打架。我是抢先一步来警告你的。(说话间她已绕到房子后面)

理查德　你看我该从哪边开火？(发现她不在,他茫然地开了两三枪。靶瓶完好无损。他大感不解地走过去抓起瓶子在石头上将其砸碎)我看你碎不碎！

查尔斯　(从后台走来)有这么砸靶子的吗？你打不中靶子？(他一边说一边弯腰抽出些蓝草的嫩茎放进嘴里嚼)

理查德　对,可我都快累垮了。

查尔斯　我想知道你刚才是不是正在做试验,想看看你离靶子多近也打不中。我跟我爸说我并不认为你开枪是想杀人。昨晚有两个小伙子也听见你开枪,他们也认为你开枪并不是想杀人。可你干吗一直打枪呢,如果我可以问问的话？

理查德　这个,你知道,道先生……

查尔斯　啊哈,你是说亨道？亨道跟你说起过我们？

理查德　他说你父亲在山上有个锯木场。

查尔斯　他还叫你要提防我们？

理查德　没有……没有……

查尔斯　说我们是群歹徒,是不是？好吧,让我来给你说说这个亨利·道,其实他对我们一无所知,而且他还是一个骗子。听我说,振作一点儿,把这玩意儿收起来。你用不着它。亨利对你说了一大堆关于我们的坏话,你难道就看不出他是别有用心？好吧,即使你现在看不出,以后也会明白的。

理查德　你们可能误会了,以为我老是打枪是冲着你们伐木场的人。我并没有那个意思。

查尔斯　即便你有那意思我们也不会在意。
　　　〔他盘腿在地上坐了下来。

理查德　刚才你妹妹来这儿说了点她的想法。

查尔斯　嗯,这我猜到了。丽达此前来过这儿？亨道说起过她吗？

理查德　说她的全是好话。

查尔斯　她恨他。

〔突然一阵尖厉刺耳的汽笛声从山上传来。查尔斯霍地站起。

查尔斯　该死！我真不敢相信"她"又把山上点着了。

理查德　你该不是想告诉我那个可爱的姑娘……

查尔斯　(看了理查德一眼,然后笑着大声说)锯木场——我说的是锯木场……

理查德　真对不起。

查尔斯　你这个可怜的疯子！亨道都往你脑子里灌了些什么？或是汤姆·蒂特科姆灌的？

理查德　那是场森林火灾吗？

查尔斯　那是在叫我。

理查德　我也可以去吗？我能帮上忙吗？

查尔斯　如果火势严重,汽笛还会鸣响,只要锅炉有足够的蒸气。但我还是去的好。(下)

〔理查德把上身探进屋去放那把手枪。他转过身来时发现丽达正站在门边等他。

理查德　啊,你回来了？你刚才并没走？你一直在偷听你哥哥和我谈话？

丽　达　我刚才躲得够远,你俩不大声嚷嚷我什么也听不见。我们的锯木场起火了。

理查德　你哥刚才也这么说。你不担心吗？

丽　达　它并不是我不得不担心的第一场火。它会没事的。让那些放火的人去把它扑灭吧。——听着,我不知道查尔斯给你说了些什么,但我想要你告诉我的是：你以前知不知道你被弄到这儿来是为了守护亨道的苹果酒？

理查德　你要我给你讲实话吗？我完全可以告诉你我来这儿的目的。不管是我自己来的还是蒂特科姆教授把我弄来的,我来的目的都是要对你们进行一番社会调查。

丽　达　什么调查？

理查德　社会调查。

丽　达　社会调查？

理查德　对，一种对贫困阶层进行的社会调查，因为要对特权阶层进行调查会很困难。我需要这次调查结果来写篇论文，同时也帮助蒂特科姆教授出他的书。要是你想对富人进行社会调查，按照"谢尔曼法案"①你得去法院进行。

丽　达　汤姆·蒂特科姆干吗不自己做调查呢？起码他对我们很了解。他是我们的亲戚。

理查德　不会吧！他从没跟我说过这种事。

丽　达　他肯定是的。算起来他是我的远房表兄。我听我爸推算过。

理查德　哦，这下我会被那些老师说得分文不值。

丽　达　对我进行社会调查！你打算怎样做？

理查德　要是你不想随和些，我肯定没法做。哦，来吧，随和些。坐下待一会儿，如果你不打算去救火的话。让我来问你一些平常的问题。

丽　达　嗯，你这是什么意思？

理查德　我的意思就是让我们来谈谈。你和我！让我们忘掉其他所有的人。亨利·道对我来说不值一提。夏克斯·蒂特科姆也无关紧要。夏克斯是我们在大学里替他取的别名，因为他最爱用这个词来揭露你从小到大都以为美好的每一样东西。② 现在前者把我弄来是为了保护他的酒不被你偷窃，后者把我弄来是为了对你们进行一次社会调查。我在这儿是因为两个错误。可别因此而对我有成见。

---

① 指"谢尔曼反托拉斯法案"，1890年通过。
② 英语 Shucks（夏克斯）有假货、骗局、无用之物、胡说八道等意思。

丽　达　要打掉你的傲气,两个错误比一个好。

理查德　请原谅我提到这事。可难道你没注意到浓烟。虽说这事应该与我不相干,但我看山上会有一场很大的火。

丽　达　哦,让火见鬼去吧!

理查德　对,既然火并没使你感到不安,我们就别去理它。现在来吧——坐下——让我们谈谈。

丽　达　(坐下)谈什么?

理查德　要是你觉得不想谈咱们就不谈。既然你不关心那场火,就让我俩静静地坐在这儿。不,我得告诉你一些事,不是对你进行调查,而是让你好好地了解我。我对政治感兴趣。我有个了不起的想法:(充满激情地)实际上我希望所有的男人和女人都是政治家,都去参加竞选谋求公职。我希望看到更多的公职,当然前提是有两倍于公职的候选人,这样每个公职就都有两个人竞选。

丽　达　现在的情况不正是这样的吗?

理查德　好姑娘!你说得没错。这的确没什么新鲜的。但请等等,我还没开始呢。(口若悬河地)以前从没人替失败的候选人着想。而我希望看见政府为所有的候选人提供足够的保险,以保证那些失败者和他们的家庭在下一次选举之前能免于贫困和诱惑。照眼下这种情况,善良的人们不仅要冒得不到公职的危险,而且要冒被解职下岗的危险,而这往往是在他们生活很艰难的时候。这些在野者和下岗者会成为我们社会中最名副其实的穷人,而且也是社会的主要危害,因为他们为了得到公职或重新得到公职,往往都免不了要说谎行骗。换种说法,我提倡实行失业政治家保险。我真心诚意地认为,没得到公职的候选人应该得到薪金,比方说得到当选者工资之半数的薪金。你想到过这点吗?

丽　达　没有。我觉得这听起来就像是诗——我是指你说这番话的方式。

理查德　你喜欢诗吗?你曾——你现在去学校吗?你看上去这么年

轻,该继续去学校。

丽　　达　　我会教书。我去年还在贝塞尔汉姆代过课呢。

理查德　　看来这事完全误会了。不过没关系,只要我俩是朋友。为了朋友在一起有事做,今年夏天我给你读些诗怎么样?

丽　　达　　你是说你要为我写诗?我有一个想法,要是能找到合适的人,我希望能把它写成诗。那是关于我父亲。

理查德　　你是说为他写一首生日祝词什么的?真对不起,我从来没写过那么重要的东西,再说自从我开始操心富人和穷人的问题,我已经好久没写过诗了。要是你真喜欢听,(充满激情地)我会不遗余力地在我的……

丽　　达　　只要我有支笔,我就可以把我想要说的写给你。

理查德　　我亲爱的小姑娘,诗可不是这样写的。

丽　　达　　是这样写的,我亲爱的小男孩。我知道有个人就请人替他写过一首哀悼诗并让它被编进了《苏格兰人》。当然他是付了版面费的。你要知道,我父亲是个很特别的人。

理查德　　哦?

丽　　达　　他就像所罗门,只是稍有不同。所罗门是等到已经拥有了一切才转而蔑视身外之物,才开始说什么一切皆虚无①。我父亲并没有等到拥有财产。他在此之前就已经把这点看穿。我认为他比所罗门还伟大。他的名字叫苏格拉底。

理查德　　听听她这番话。在一个漂亮的小脑瓜子里竟装着下层民众的全部生活哲学。哎,要是我的技艺没荒疏的话,我倒真想写下你这首诗。你应该自己把它写出来。我们差点儿在此铸下大错。

　　　　　　(他向她靠拢并把一只手摁在她手上)

丽　　达　　你可别笑话我。

理查德　　绝不会的。我过去总认为民主的意思就是让人人都能免费

---

① 在《旧约·传道书》第1章第2节中所罗门有言道:"虚无的虚无,一切皆虚无。"

上大学受教育。我对天下每个人都抱有同样美好的愿望。而这时候你来了,来夺走我的全部力量。你不应该叫丽达,而应该叫德丽拉①。

丽　达　我的名字叫丽达。

理查德　从今天起就叫丽拉,不管前面加不加"德"这个贵族前缀②。但你不要觉得应对我的改变负多大的责任。你只是让我恢复了更真实的自我。我支持的当然应该是那些不该受穷的穷人,而不是那些活该受穷的穷人。我对情有可原的不良行为非常宽容,以致我开始觉得我应为没去当一名监狱看守而感到遗憾。我能设想渐渐喜欢上罪犯。

丽　达　你还太年轻,不可能为任何事情感到过特别遗憾。

理查德　你认为我多大了?

丽　达　显然还不够大,还不足以避免被亨利·道利用——不仅被他利用,而且还被你自己的老师利用。

理查德　一个想要我在这儿守护他的苹果酒,另一个想要我来调查你们。

丽　达　而你以前对他们的企图却浑然不觉。你才真需要有个人来守护。

理查德　我不是已经有了一个?——你——现在?你会帮我跟那两个家伙算账。——你这不是要离开我吧?你已经决定你非得去救火吗?

丽　达　教授的车来了。

理查德　你走之前吻我一下我会很乐意。

丽　达　他会看见的。

---

① 德丽拉(旧译大利拉),《圣经》中记载的出卖参孙的非利士女子,她诱惑参孙说出了他的力量蕴于头发中的秘密,并趁参孙熟睡之机剪去了他的头发。(参见《旧约·士师记》第16章)

② "德"在旧时一般用于法国、西班牙等国贵族人名前。

理查德　他看见的事只会成为统计资料,而不会——

丽　　达　(急促地)我相信你的政治候选人保险计划。还有人认为它可行吗?

理查德　迄今为止就我一个。现在再加上你。它难道不是个好主意?(充满激情地)等你有空的时候,我还会告诉你许多你会认为切实可行的好主意。比方说往一种植物上喷洒另一种植物汁,以此把昆虫搞得晕头转向,而且——(他送她离去时蒂特科姆教授在一旁等候。他那辆只闻其声的汽车停在观众看不见的院子尽头)

教　　授　(朝丽达离去的方向亲切地点了点头)情况怎么样?我们听说山上起了大火,所以我赶来看看你是否还好。看来你在一个方面进展还不错。

理查德　对那场火我们不该做点什么吗?

教　　授　我得说这场火对他们来说也是场大火。不过他们历来讨厌别人对他们的失火大惊小怪。听!什么声音?(远处传来慌乱的喊叫。丽达匆匆跑了回来)

理查德　出什么事了?

丽　　达　你难道听不出他们在喊什么?

理查德和教授　(齐声重复喊叫声)大伙儿快撤。

丽　　达　这说明山上有什么东西就要爆炸。

理查德　炸药?

丽　　达　我想是锅炉。

教　　授　何时?

丽　　达　从现在起任何时候。但越早越好,免得提心吊胆。但愿上帝让每个人都有安全的躲避处。(她伸手抓住理查德的胳膊)

查尔斯　(上场)啊,你在这儿,妹妹。

丽　　达　我在这儿。怎么啦?

查尔斯　我就想把你找到。

丽　　达　爸在哪儿?

查尔斯　我让他坐在新营地的一个松树墩上。他没事。

理查德　你们几位也许认为你们都互相认识。但注意听我为你们作一番互相介绍,这会使你们觉得彼此就像陌生人。蒂特科姆教授,这是丽达和查尔斯,来自那个最爱喝苹果酒的社区,而你忘了告诉我他们是我在这山上时最近的邻居。丽达小姐、查尔斯,这位是蒂特科姆教授,关于他最值得介绍的就是他讨厌乡下。

丽　达　是乡下还是乡下人?

理查德　细细想来两者都是。好姑娘,多善于让人思考。但他特别讨厌的是乡下佬这个措辞中的乡下。他恨所有的乡下佬乡巴佬,真正的原因是乡下佬不同城市无产阶级一起投票,但他声称是因为乡下人堕落。请给丽达和查尔斯讲讲你那个关于亨利·道的故事。丽达和我一样,除了说亨利·道好,她什么话都能听。这位教授的座右铭是:如果你想在社会学研究上有所成就,你就得认真对待卑劣之徒。

教　授　不对!我的座右铭是:你不得不容忍任何你可以写进书的人。好吧,我的故事与其说是关于亨利,不如说是关于亨利的十二个孩子。亨利年轻时似乎穷得叮当响,但那并没妨碍他妻子替他生下十二个孩子来帮他料理农场。那十二个孩子分属十二个不同的民族,各自与当年在农场上干活的雇工的民族相符。我已注意到他们中有些人还住在这一带。有个看上去像是爱尔兰人,有个像荷兰人,有个像法裔加拿大人,甚至还有个黑人。

理查德　这是个有趣的故事,但"啐"——我是说骗人,压根儿就没有这种事,你说是吧,查尔斯?

查尔斯　恐怕这是真的。

教　授　这会使你冷静点儿。

理查德　可你不会相信这故事吧,丽达?

丽　达　我从没听见有人否认过。

理查德　这当然就可以证明那是真的!又在愚弄人。对此肯定有一种合乎情理的解释。我开始认为,无耻的谎言便是这些人互相诋毁的工具。仇恨驱使他们进行无中生有的诽谤。你们应该听说过亨利给我讲的关于安全别针的故事,关于在你们的营地吃人肉的故事。

丽达和查尔斯　在我们的营地!

教　　授　真难以置信!理查德的意思是说这是一种诗——田园诗在新罕布什尔已堕落成这种形式。现在是作为诗人的理查德在说话。

理查德　另一方面……

教　　授　在什么的另一方面?

理查德　在亨利·道的另一方面。你难道没静下来想过,丽达的父亲被叫作老苏格,这使他有别于老酒鬼亨利·道。

教　　授　我知道他的名字是苏格拉底——苏格拉底·罗比。但到底是什么使你如此激动?

理查德　而且他是个哲学家。也许叫那个名字使他成了一个神志清醒的哲学家。

教　　授　因为神志清醒?

理查德　的确。这我让丽达来说。

丽　　达　实际上我并没说他是个哲学家。我更想说的是他是个睿智的老人。

理查德　不过说到流言蜚语,且让我告诉你我来这儿之后所听到的最精彩的一段。我从最可靠的权威渠道得知你和丽达小姐是表兄妹(现在请再互相打个招呼吧)。

教　　授　非常权威并非常可靠。天哪,至少我肯定给你说过我与亨利·道有亲戚关系。

理查德　没有。

教　　授　不管是近亲还是远亲,我与这个镇区的每一个人都有亲戚关系,所以我才觉得有资格以他们为资料写一部米德尔敦个案史。

理查德　而你并不因他们的贫穷替他们感到羞愧,你只是好奇地想知道贫穷对他们的心理状态有什么影响。

教　授　难道你不想知道?你似乎为此感到激动。

理查德　不要再从中找素材了。

教　授　这么说你不会欣赏我的另一个故事:有个小伙子抱着一个姑娘,双手却在她身后用纸和笔悄悄记下她说的话。

理查德　从没听说过这般下流的事。

教　授　年轻人!我求你了,丽达小姐。帮帮忙吧,查尔斯!你妹妹都对理查德说了些什么,叫他变得这么冲动。他以为只有他一个人看到了穷人的优点。看在上帝分上,要是你认为你能证明我们全都该照塔格和吉尼的样子生活,那你就担负起使命加油干吧。

理查德　听我说,老师,查尔斯和丽达与此毫不相干。他们并不听你的。从此以后我也不再听你的了。你已经肯定失去了我这个追随者,这是件非常遗憾的事,因为你当教授就是为了有人听你的。

丽　达　(早已半转过身去看山上的浓烟)对,我就在用心听。我听见了你们说的每一个字。我知道理查德为什么生气。他认为你和亨利·道合计好了要愚弄他。

教　授　我就觉得是有什么话没说透。亨利·道同我合计——真见鬼!这事等我们心平气和时再谈。——现在亨利·道来了。先问问他看我们是不是合计过——

亨　利　嘿,起火了。锯木场烧起来了。

查尔斯　这我们早就知道了。

亨　利　那个锅炉要爆炸。

丽　达　你不高兴?

教　授　我们这么不尴不尬地站在台上干吗?是在等谁说话还是在等什么事发生?哦,我都忘了,是在等那个该死的锅炉爆炸。它干吗不按预定时间炸开呢?我们中有谁数下数也许会帮上忙。一、二、三,炸!它不理睬我。要是我认为这并不重要,就像你似乎对丽达表妹并不重要一样,你可别介意。让我们一起数数。开始!一——二——三。(只有他一人数。其他人都没加入)啐!我想大幕最好是降下来。你不能让观众老是等不到高潮。让我们把结局留到下一场吧。(大幕徐徐降下时他正在手忙脚乱地找火柴)要是半个世界都着了火而我却点不燃一支烟,那就太奇怪了。

第 四 场

〔理查德坐在一个低矮的木箱上正在读一本摊在桌上的书,他的头靠近窗户。

查尔斯　(出现在门口)嗨,迪克①。

理查德　请进。(他站起身来)

丽　达　(出现在门口)想见朋友吗?忙吗?

理查德　啊,你俩都来了。进屋吧。

查尔斯　大伙儿都来了。(门外的众人突然开始说话)这屋子容得下吗?

理查德　容不下也得容下,不然就把它挤破。大伙儿都进屋吧。丽达,你来坐这个木箱——箱座归你。(五六名伐木工挤在屋子中央等待主人安置)你们这些家伙——我只好请你们靠墙坐在地板上了。

查尔斯　坐没有椅腿的椅子。

塔　格　罗比老爸要我向你辞谢。他还在为他的锯木场感到惋惜。他说他无论如何也不再出来参加什么聚会了。

理查德　(最后坐下,尴尬地用双手抱着蜷曲的双腿)你们从哪条路过

---

① 理查德的昵称。

来的？我刚才没听见任何动静。
塔　格　也许你没像前些时候那样注意地听。
吉　尼　(将他的帽子扔向塔格)闭嘴！
塔　格　(在又一阵尴尬的沉默之后)看在老天分上,总得有人说话呀。
奎尔斯　你来说吧,塔格。
塔　格　但愿我肯定能喝上我屁股下面的苹果酒。(众人用脚蹭地板表示赞成)
理查德　(从地板上站起来走到丽达身边在桌子上坐下)苹果酒！当然！我的风度到哪儿去了？谁去弄酒？这种事我不在行。谁知道酒放在哪里？我可不想找错了桶请你们喝醋。
吉　尼　塔格不用点灯也能找到酒桶。前些天晚上他就下山想来弄点酒,可你不允许他弄。
理查德　没人来向我讨过酒。
吉　尼　塔格向你暗示了一个多钟头。
理查德　暗示！
　　　　〔众人大笑。理查德因没能领会这玩笑而显得有点尴尬。丽达离开木箱走到他身边靠在桌子上。她跟他说着什么,他不住地点头。在其后一段时间内他俩不时交谈几句。
查尔斯　去吧,塔格。
塔　格　我能用这个桶吗？要一桶酒才够喝哩,嘿,吉尼？
理查德　拿去吧。把水倒在门外就行了。你需要灯吗？
塔　格　(开始下地窖)有火柴就行。
理查德　恐怕我这里的杯子不够。
　　　　〔片刻犹豫之后,众人从各自的口袋里掏出各种质地的大杯,砰的一声放到地板上。
理查德　(又高兴地把头一扬)你没带杯子吧,查尔斯。一两个杯子我这儿还是有的。

查尔斯 （跪在地板上接住塔格递上来的酒桶。他先用自己的杯子舀了一杯，然后为众人倒酒）你们这群粗汉，现在碰碰杯讨个吉利，不然这杯酒也许会不合你们的口味。

理查德　可惜亨利·道没来与大伙儿增进友谊。

丽　达　还有汤姆·蒂特科姆。

众　人　来看你们俩在桌上的模样？看看你们吧。

〔众人互相碰杯，碰得酒花四溅。

亨　利　（进屋）啊，见鬼！

众　人　亨利，亨利，亨利！

亨　利　（像梦游者似的慢慢走到屋子中央，两眼骨碌碌地扫视坐在地板上的众人）你们把我的守屋人怎么啦？（他在坐在桌上的那两人跟前停住脚步）啊，见鬼！真是教训，我再也不会相信像你这样的家伙了。我想肯定是他们制服了你。或是这个姑娘迷住了你。不管怎么说，他们弄到酒了。我本来应该早点想到。

理查德　这些是我的朋友，道先生。我正在招待他们。

亨　利　用我的酒！真该死！你是想吃里爬外？——我给了你那么多警告，你却仍然让他们进我的房子！我让你来这儿是为了什么？

丽　达　你一定暗示过他，亨利。可理查德·司各特听不懂暗示。

吉　尼　在这儿听不懂。他在波士顿也许能听懂。（众人鼓掌）他还没把这儿当家哩。

塔　格　亨利，你这个老爱拐弯抹角的家伙！

亨　利　我难道没告诉过你这是一群须严加提防的小偷？——好吧，你们也许不是小偷，但我清楚一件事，要是你们住在方圆一英里之内，我连一桶苹果酒也保不住。

理查德　不许侮辱我的朋友，道先生！

亨　利　真叫人吃惊，看来在这儿的一个星期没有白过。你已经长大了。

塔　格　告诉你吧，亨利，你这次走后发生了许多事情。

查尔斯　迪克帮我们扑灭了那场火。

亨　利　哪场火？

查尔斯　大的那场——最近那场。

塔　格　他扑火时还损失了一件外套。

吉　尼　他想用外套灭火，结果却把外套点着了。

亨　利　他就干了这些？除了他自己他没救谁的命，是吧？你们的锅炉终于炸了，不是吗？这下你们该怎么办？

查尔斯　也许会迁往湖边。

亨　利　我刚才一直在想，既然锯木场没了，这儿也没啥可留住你们的了。

丽　达　你可别急着赶我们走，亨利·道。说不定我们会再拿起锄头种地呢。

亨　利　我说，他们俩该不会已结婚了吧？我莫不是碰巧撞上了一个婚礼？

丽　达　亨利·道！查尔斯！

亨　利　你们就没谁想用我的酒请我喝一杯吗？

吉　尼　（模仿着他的腔调）我非常乐意。

塔　格　你来晚了，亨利，请往后站。我们已喝掉了那么多酒，这第二桶酒我们肯定要留着自己喝。

吉　尼　再说地窖夜里已照镇管会的命令关闭。不可能为这位"禁酒部长"打开。

丽　达　一滴酒也不能给他喝，查尔斯，除非他向理查德申请。

塔　格　你要下地窖看看，也许一滴酒也找不到。我无论如何也想不起我刚才取酒之后关上了酒桶龙头。到这会儿酒可能全都渗进地里去了。你可没办法把它舔起来。

吉　尼　你这是活该，为吝惜一点苹果酒，竟让理查德来这儿冒生命危险，要不是刚好有我们在这儿，很难说这小伙子现在还有命没有。

塔　格　这是个卑鄙的阴谋,亨利。

亨　利　你们令我失望。给我滚出去。

〔数人站起来把亨利团团围住。

亨　利　(气急败坏地)我渴了!

吉　尼　渴了也用不着叫喊呀。

丽　达　喝水吧,亨利。

塔　格　对,喝水吧,亨利。你不能这么年轻就开始喝酒。

查尔斯　都起来,让我们送亨利去泉边喝水。

亨　利　喝你奶奶的水。(朝坐在桌上的理查德)你,你这个该死的——

理查德　说实在的,道先生,你此前并没给我说清楚我将替你守护这些苹果酒。你虽然说了那么多话,但不可能跟我说过这事。而且就像你亲口所说,你女儿并不——

亨　利　你别把我女儿扯上。

查尔斯　来吧,亨利,你的好脾气不会允许你拒绝我们请客——这次由我们做东。

亨　利　别碰我,塔格,不然我把你告上法庭。还有你,吉尼。

塔　格　你非来不可!磨磨蹭蹭也没用。

丽　达　亨利·道,对你来说只有喝水了。在此我有话要说,我差点儿都忘了。你女儿已把地窖里的每一桶酒都送给了我,而且她还不太肯接受我的感谢;所以酒是我的了。

七嘴八舌　这是什么时候的事?你干吗不告诉我们?亨利,你女儿说酒是我们的了。

丽　达　不,她说是我的。

塔　格　她的意思是说我们。

丽　达　不,因为我特意问过她。我问你说我就是指的我吧?酒是我的,现在我把它送给迪克——

查尔斯　酒是迪克的了。

理查德　我接受。

丽　达　——但有一个条件,迪克将保证一滴酒也不给亨利·道。

理查德　今晚?

丽　达　不,从今以后。

查尔斯　亨利,你看,我们是多么无能为力?

塔　格　喝你的水去吧。

亨　利　松手!我会自己出去。我不要谁拽。我也不会被你们按入水中。你们要我怎样?

众　人　(刺耳地)喝水!

查尔斯　(走在簇拥着亨利出门的人群后面)你也来,丽达?当心别让他们闹过了头?

丽　达　不,我们就留在这儿。

理查德　我担心他们会伤着他。

丽　达　那跟我们有什么关系?查尔斯会照顾他的。

〔屋里一阵安静,他俩晃动着各自的双腿。

丽　达　我给了你苹果酒,你给我什么?

理查德　你给我的也包括地窖里的醋吗?

丽　达　不,我不认为那些醋是我的。我不能把它给人。干吗问这个?

理查德　要是你让我吃醋,你就别指望我会给你什么甜头吃。

丽　达　你!现在该轮到你问我想要什么了。

理查德　你想要我给你什么?

丽　达　我想你说过你可以为我写首诗。

理查德　我说的是要是我没迷上政治该多好,那样我就可以为你写首诗。

丽　达　那么,既然你不愿用诗来换酒,我就要你那把手枪。反正我也觉得那是把女人用的手枪。现在有我保护你,你不再需要它了。

理查德　（从旅行箱里取出手枪放在她膝上）你要枪干什么？

丽　达　只是想缴你的械,减少你对邻居的威胁。

理查德　你怕我？

丽　达　你刚才说什么吃醋是想吓唬我吧？我不怕你,就像我不怕这把枪一样。你难道不喜欢开火后枪口残留的火药味？

查尔斯　丽达——是我。不用担心。我只是回来给亨利取个杯子。他不肯在泉边跪下,也不肯低头。他发誓说他绝不会。他像根硬木桩似的站在那儿。他已答应喝水,条件是我们得允许他用杯子喝。不过他正在求我们别让他喝生水。这屋里有姜或胡椒吗？我们可以给他的水加点滋味。

理查德　有胡椒,但别往水里加。千万别对他太狠。

查尔斯　你用不着担心伤他的感情。他说他已经恨透你了。

理查德　那也许我应该留下这把枪。

查尔斯　嘿！枪里有子弹吗？

丽　达　理查德已把它给我了。我已经解除了他的武装。

查尔斯　当心。我一会儿就回来,等我打发掉亨利和那帮小子。我们不需要他们,我要把这些玩意儿（桶和杯子）搬出去,小伙子们可以在外边继续过酒瘾。

理查德　丽达——查尔斯,让亨利喝口酒吧。

查尔斯　（背着身子略为考虑之后）我告诉你们怎么着。我用这杯子盛上酒但不让他看见。然后我假装从泉中舀水。他肯定会以为喝进嘴里的是水。我们就等着看他会不会张嘴把酒吐出来或甚至把杯子弄翻。要是那样的话,他将后悔莫及。

丽　达　我们并不关心你要怎样愚弄他。去吧！

查尔斯　你们也来看看热闹吧。

丽　达　我们要去吗？（理查德拉起她的手,但当大幕落下时她还没被完全说服）

第 五 场

〔丽达和理查德来到泉边,正碰上亨利从人群中冲出朝他俩跑来。

丽达和理查德　怎么啦?

亨　利　(一副想呕吐的样子)酒——给我酒!让我过去。我要喝点什么除去嘴里的水味。

查尔斯　他以为是水喝多了。那东西的滋味使他很吃惊。都忘了自家的泉水该是什么味儿。丽达,他敢从你身边过去就给他一枪。他简直是疯了。(几个人围上来想抓住他)

亨　利　(捡起一大块石头)你们竟然不许一个人去喝他自己的苹果酒?

一个醉醺醺的声音　理查德的老师在哪儿?让我们把他也弄来,趁我们正干得起劲儿。

理查德　住手!亨利,听我说。你刚才喝的是苹果酒。别让这些家伙把你给骗了。他们让你喝的是苹果酒——你听见了吗?——是苹果酒。你不喜欢那味道是因为你不知道你喝的是什么。谁也不会喜欢那酒的烂苹果味儿,人们只是假装喜欢。我尝过那味道。

亨　利　(又蹦又跳地拼命挣扎)你尝过那味道!小子,你肯定是在说大棚里的酸牛奶吧?

吉　尼　放开他。他这么挣扎会受伤的。

塔　格　(冲着向房子跑去的亨利的背影喊道)亨利,你用不着假装被一口水呛成那模样。我们当中最好的人每年也都得用那种水洗一回澡。

教　授　(在众人说话时已登场)这说明我们并不喜欢任何东西,我们喜欢的只是东西的名分——不是吗,理查德?

同一个醉醺醺的声音 奇谈怪论。(严厉地)这位教授在嘲笑什么?

〔查尔斯把吉尼、塔格和另外两名伐木工召到一旁商议了一阵,然后领着他们从蒂特科姆教授身后围过来,最后突然冲到他跟前把他围在当中。蒂特科姆笑着挥拳击打他们,众人后退。

查尔斯 给他留点空间,伙计们。汤姆·蒂特科姆,我有话跟你说。你被指控正在写一本关于我们的书。

教　授 没有的事。我从没写过关于你们的书。

查尔斯 但你眼下就正在写,而且正是为了这个,这才在这儿四处听人说长道短,才把这个不谙世故的年轻学者骗来帮你搜集我们的情况。你别想抵赖。我们有充分的根据。

教　授 充分的根据不一定就是可靠的根据。

查尔斯 我们暂时不说根据。你先回答我:你在你的书中到底写没写我们中有个人是纵火犯?你想说谁是纵火犯?

教　授 我没提谁的名字。

查尔斯 你最好当心点。在写锅炉爆炸那天的大火时,你难道没写"让放火的人去灭火"这句话?你难道不明白这话的意思是说有人纵火?

教　授 嘿,查尔斯·罗比,你倒当起真来了。你非常清楚我那完全可能是指你们所有人和你们那个该死的旧锯木场。你们总是接连不断地让那锯木场失火。

查尔斯 好吧,你不曾帮我们灭过火,而且你还不让迪克来帮我们灭火。把这点也写进你书里去吧——为了我们大家,你要么隐瞒一切,要么写出一切。而且请把将要发生的事也写进你的书,如果你有耐心等待的话。情况越糟对你的书越有利,是不是?

理查德 没错,老师。真相应是你社会研究的唯一主题。

查尔斯 塔格,下去把我汽车后箱里的那根绳子取来。——你休想开溜！但也不用太害怕。这不是私刑聚会。你不过要写一本书，对你动私刑太过分了。这只是闹着玩儿，不过可以顺便改造你的脑瓜子。既然你拿我们寻开心，那你就不能拒绝我们也拿你逗逗乐子。吉尼，给他讲讲你在西部牧场学的那种游戏。

吉　尼　这种游戏叫"半边牛"。这是他们准备扑灭草原大火的一种方式。我们会教你怎样玩。

教　授　"苹果酒牛肉"①？

〔众人大笑，就像在课堂上发现老师出错时那样。

吉　尼　你肯定是苹果酒喝多了。今天到处都是醉鬼。我是说"半边牛"。他们顺着背脊从头到尾把刚杀的牛劈成两半——就这样。(他在蒂特科姆背上比画)每一半有一条前腿和一条后腿做把手，以便他们拖着血淋淋的半边牛绕着火的草场跑上一周，他们认为这样可以灭火。但请听好，他们不必非杀牛不可。他们也可以用一个活人来代替。

塔　格　(正好取绳归来)对，请听好，他们不必非杀牛不可。

教　授　(对理查德)叛徒！是你策划了这场闹剧？

塔　格　别乱动。

查尔斯　这意思是说没牛可以用人代替。我们的独立纪念日庆祝活动已开始用一名志愿者来做祭品——或用两名志愿者，这样就可以有竞争——竞赛。

理查德　我对这事一无所知。说实在的，你没必要认为我卷入了这事。

查尔斯　这只是我们要拿你寻开心，作为你拿我们寻开心的回报。你最好放松一点，好好地体验一番。

理查德　这可是你写书最好的许可证。

查尔斯　我们不会伤着你的。

---

① "半边牛"和"苹果酒牛肉"之原文分别是 Side o' Beef 和 Cider Beef，两者发音相似。

吉　尼　准备好了吗？（他是说把草点燃）

查尔斯　还没哩，你这个白痴。蒂特科姆先生，我们不得不请你侧身躺下，等我们把你的手脚捆好。

教　授　你们这样做会叫我脸面丢尽。

理查德　（和丽达一道上前）我开始明白了。丽达说这只是个戏法，就像把划燃的火柴放进嘴里。

丽　达　或者像用裸露的手指捏熄蜡烛。

理查德　这是乡下人的玩笑。请别扫兴。

教　授　（无力地）叛徒！

亨　利　（看过地窖后又蹦又跳地高声嚷嚷着从后台冲出）我信任过他，你也信任过他，可看看我们到头来得到了什么！你可真是个能干的守护人。

理查德　我守护的是这些人的名声。我说老师，你也太小题大做了。正如丽达所说，这也是为了科学。这可是能写进你大作的民风民俗。

亨　利　（依然在乱蹦乱跳）教授，为了你的崇拜者，你不能让他们这样对待你。他们这样做是想玷污你的尊严。

吉　尼　（把亨利推开）你别在这儿瞎掺和，亨利·道。

亨　利　教授今天是喝了酒，不然他绝不会屈服。

吉　尼　亨利是不忍心看见任何人被愚弄，除非是被他愚弄。

亨　利　（继续手舞足蹈地乱蹦乱跳）嚆——嚆！

教　授　理查德·司各特，我要不在你的学生档案上记下这笔账，那我就太徇私情，太自由化了。（他侧身躺下）我是被胁迫的。

查尔斯　除了你这身漂亮的外套，再没有什么会受到损害。但一名教授整个夏天都穿不像话的工装，那他是在干吗呀。

〔他们捆好他的双手和双脚，手脚绳结处各留了一小截绳子，分别由塔格和查尔斯拉着。

查尔斯　唉，但愿那个纵火嫌疑犯站出来坦白。

戏剧作品

吉　尼　喂,教授,我知道你都说了我些什么。

查尔斯　按照惯例,在这种仪式开始时应发表一段有教育意义的演说。像理查德这样的笨蛋会试图用衣服或树枝去灭火,结果只会把火越扇越旺。聪明人灭火却会用竖着的木板,或者用劈成两半的牛,或者像现在这样用一个穿戴整齐的男人。不管他穿的是旧衣服还是崭新的外套。灭火成功的诀窍在于掌握好速度——既不能太快也不能太慢。太快会让火从人身下溜过去。太慢则会烧伤这个人。吉尼,等我一说点火你就把这片草点燃。点火!(干枯的肯塔基蓝草一点就着)让它燃开!(人群往后退)这边朝着房子,塔格。我们得保证亨利的房子不被烧着。

亨　利　你们这群叫花子,要烧了我的房子就叫你们拿救济金来赔。我敢说教授这会儿也不知道自己是谁了。

查尔斯　丽达——得有人控制住亨利。他的歇斯底里会要了他的命。一——二——三,走,塔格。

〔人们让火自个儿朝前台蔓延。查尔斯和塔格拖着蒂特科姆教授在舞台后部灭火。亨利·道跟在教授身边神经质地蹦跳,理查德和丽达试图控制住他。

查尔斯　我们这出戏的主角是灭火者蒂特科姆教授。我们要是在烧毁锯木场的那次火中用他就好了。现在让手脚被捆住的他站起来接受观众的掌声。

丽　达　(挤到他哥哥和刚站起来的教授中间,一手拉着理查德)理查德说不宜把蒂特科姆教授叫作灭火者。为了这场他刚刚扑灭的小火,他已在他的学生们心中点燃了无数团叛逆之火。

亨　利　(替蒂特科姆教授拂去身上的尘土)烧着你了吗?

剧　终